MARVEL

PANTERA
NEGRA

MARVEL

PANTERA
NEGRA

ADAPTADO POR
Jim McCann

SÃO PAULO
2022
EXCELSIOR
BOOK ONE

© 2022 MARVEL. All rights reserved.
Black Panther: junior novel

Todos os direitos de tradução reservados e protegidos pela Lei 9.610 de 19/02/1998. Nenhuma parte desta publicação, sem autorização prévia por escrito da editora, poderá ser reproduzida ou transmitida sejam quais forem os meios empregados: eletrônicos, mecânicos, fotográficos, gravação ou quaisquer outros.

Primeira edição Marvel Press: janeiro de 2018.

EXCELSIOR — BOOK ONE
TRADUÇÃO *sérgio motta*
PREPARAÇÃO *Lina Lachado*
REVISÃO *Rafael Bisoffi e Silvia Yumi FK*
ARTE E ADAPTAÇÃO DE CAPA *Francine C. Silva*
PROJETO GRÁFICO E DIAGRAMAÇÃO *Renato Klisman*
TIPOGRAFIA *Adobe Caslon Pro*

MARVEL PRESS
DESIGN ORIGINAL DA SOBRECAPA *Ching N. Chan*

Dados Internacionais de Catalogação na Publicação (CIP)
Angélica Ilacqua CRB-8/7057

M115p	McCann, Jim Pantera Negra / Jim McCann ; tradução de Sérgio Motta. — São Paulo : Excelsior, 2022. 168 p. : il., color. ISBN 978-65-87435-83-1 Título original: *Black Panther: junior novel* 1. Literatura norte-americana 2. Pantera Negra – Personagem fictício I. Título II. Motta, Sérgio
22-2814	CDD 813

Vá para a página 107
para uma história extra do
PANTERA NEGRA!

PRÓLOGO

As catacumbas sob o Palácio Real de Wakanda eram como labirintos sinuosos. Um lugar fácil de se perder, e, para o príncipe T'Challa de oito anos e sua constante companheira, a audaciosa Nakia, o espaço perfeito para uma corrida.

— Você não me alcança, Nakia! — T'Challa ria, enquanto disparava pelas fendas escuras e passagens secretas, tão familiares para ele quanto o interior do castelo em que havia passado toda sua infância.

Nakia desviou para uma alcova lateral, saltou por uma pilha de pedras caídas e reapareceu na trilha principal na frente de T'Challa.

— Quem disse que eu quero alcançar você? Isso é uma corrida, não é? — Ela abriu um sorriso astuto.

A perseguição começou. Correndo em uma velocidade vertiginosa, as duas crianças não se abalavam diante da irregularidade do solo arenoso. Pelo contrário, aproveitavam o terreno para recuperar a liderança.

A luz que entrava por uma grande abertura mais adiante indicava que a linha de chegada estava próxima. T'Challa e Nakia aceleraram em direção a ela. T'Challa correu pela parede e deu uma cambalhota por cima de Nakia no último segundo, aterrissando bem em frente a ela. Chegou ao fim das catacumbas e à fonte brilhante de luz.

— Um dia você *vai* hesitar, e eu *vou* ultrapassar você — Nakia disse enfaticamente.

T'Challa inflou o peito, altivo.

— O príncipe de Wakanda nunca hesita.

— Fiquem onde estão — esbravejou uma voz autoritária vinda de baixo. As duas crianças petrificaram-se imediatamente. — Desçam daí e entrem agora — a voz ordenou.

T'Challa estremeceu. Foram descobertos pela última pessoa que ele desejava ver.

— Sim, Baba — respondeu, enquanto ele e Nakia saíam da luz brilhante e voltavam para dentro das catacumbas para encarar seu pai.

O rei T'Chaka estava parado no meio de uma câmara grandiosa. Como sempre, ele parecia uma escultura majestosa, mesmo quando precisava lidar com seu filho travesso.

— Este é o Salão dos Reis, meu filho. Um lugar de honra e respeito.

— Sim, Baba — T'Challa respondeu com humildade.

— Há quilômetros e quilômetros de floresta ao redor de nós para que você e Nakia possam apostar corrida. Aproveitem. Mas, quando você entrar aqui, lembre-se de que é um lugar sagrado. Um dia, eu me juntarei aos nossos ancestrais que jazem aqui e você virá prestar o seu respeito da mesma forma que eu faço, buscando, nos suspiros deles, o caminho certo rumo à luz.

T'Chaka colocou a mão sobre o ombro do filho.

— Eu entendo, Baba. — T'Challa não conseguia imaginar um mundo em que seu pai não era o rei, mas sua jovem mente compreendeu a importância da lição que lhe estava sendo passada.

T'Chaka acenou com a cabeça e sorriu, satisfeito com a resposta do filho.

— Meu filho, tenho deveres a cumprir, mas vou deixá-lo aqui por um momento, para que preste respeito aos reis de Wakanda que vieram antes de mim.

T'Chaka levou Nakia para fora do Salão dos Reis, deixando T'Challa sozinho.

ATUALMENTE...

T'CHALLA, AGORA ADULTO, AINDA PODIA ESCUTAR OS PASSOS das corridas improvisadas que ele e Nakia disputavam. Ainda conseguia sentir a mão do pai em seu ombro, enquanto observava o novo caixão no Salão dos Reis.

— Você estava certo, pai. Este salão é um local a ser respeitado. Eu só queria tê-lo trazido de Viena a salvo para casa, como era minha responsabilidade.

T'Challa deslizou a mão pelo caixão. Sua voz falhou quando uma onda de arrependimento tomou conta dele. Da entrada das catacumbas, um guarda limpou a garganta.

— Príncipe, sua nave o aguarda — disse o guarda.

T'Challa olhou mais uma vez para o caixão do pai, então fechou os olhos e ficou em silêncio.

— Agradeço sua orientação e de todos os nossos ancestrais — disse ele, depois de um momento. — Vou me esforçar para ser digno de ser não apenas seu filho, mas também seu sucessor.

O príncipe se dobrou para dar um beijo breve no caixão. Então, virou-se e seguiu o guarda, deixando o pai em seu descanso eterno, no centro do Salão dos Reis.

CAPÍTULO 1

Chibok, Nigéria

O COMBOIO DE SEIS CAMINHÕES MILITARES ATRAVESSAVA a estrada acidentada da floresta como uma serpente. Em cada veículo, havia um soldado armado e sentado no banco do passageiro, com a arma apontada para fora, vasculhando a selva, pronto para atirar ao primeiro sinal de ameaça.

Se tivessem olhado para cima e fossem capazes de avistar a nave camuflada que pairava acima deles, talvez eles tivessem tido uma chance.

Dentro do caça Garra Real, T'Challa usava seu uniforme de Pantera Negra, exceto pelo capacete, que segurava em uma mão. A piloto, Okoye, era a líder das Dora Milaje, a tropa de guerreiras de elite que faziam parte da guarda de Wakanda e tinham o dever, sob juramento, de proteger a família real. Okoye também era uma amiga de infância de T'Challa, tendo testemunhado o jovem menino se tornar o homem que veio a ser.

— Você falou com ela ao menos uma vez desde que ela foi embora? — perguntou Okoye.

— Ela disse que precisava de espaço — respondeu T'Challa.

Okoye ergueu uma sobrancelha.

— Por dois anos?

T'Challa suspirou.

— Foi bobagem, eu sei.

Okoye se dirigiu até a mesa feita de areia negra de *vibranium*, que ficava no centro da nave. Ela e T'Challa observavam enquanto a areia começou a se mover e mudar de forma, até criar um modelo do comboio abaixo da nave e emergir da mesa.

— Seis veículos, todos com soldados armados nas cabines e nas carrocerias — reportou ela. — As prisioneiras estão nos dois caminhões do meio. Ela provavelmente está em um deles.

— Entendi. — T'Challa analisou o modelo por mais um tempo, dando bastante atenção para as áreas ao redor. Então, ele colocou o capacete e foi até o centro da nave. Okoye deu a ele seis objetos arredondados — contas Kimoyo autônomas.

— Só não hesite quando você a encontrar — disse ela, com um pequeno sorriso cruzando o rosto.

O Pantera Negra pegou as contas Kimoyo e sinalizou que estava pronto.

— Eu nunca hesito — disse ele friamente, mesmo que seu coração estivesse acelerado só com pensamento de que ele enfim a veria de novo.

Okoye acenou com a cabeça, retornou à cadeira de piloto e abriu um punho cerrado. Com aquele gesto, a plataforma abaixo do Pantera Negra se abriu e ele despencou silenciosamente do caça. Dando uma cambalhota no ar, o Pantera Negra atravessou as nuvens em queda livre, tão gracioso quanto um dançarino, com a agilidade do felino que dava nome ao seu manto. Enquanto mergulhava, ele arremessou as contas nos seis veículos. As contas se transformaram em discos enquanto se aproximavam dos alvos, cada uma se fixando silenciosamente à lateral de um caminhão.

O Pantera Negra aterrissou em um matagal perto da estrada aberta e esperou. Os discos emitiram uma onda de choque contra os caminhões, e os veículos, simultaneamente, pararam de funcionar.

Os motoristas não demoraram para sair dos veículos. Pareciam perplexos e irritados pelo infortúnio. Os guardas observavam os arredores, exasperados. Ouviu-se um leve choramingar vindo de dentro de um dos caminhões do meio do comboio, que Okoye tinha mencionado. Um dos soldados foi até a carroceria do caminhão e gritou para que quem quer que estivesse lá dentro se calasse.

O Pantera Negra espreitou o tal caminhão. Mais ou menos dez mulheres estavam agrupadas na carroceria; a luz da lua refletia nos rostos delas, aterrorizados. Dois soldados armados as escoltavam. Um deles, um garoto, mal passava dos doze anos. Ele estava visivelmente tentando parecer o mais corajoso possível.

Uma das mulheres na traseira do caminhão usava o traje de uma mulher de Chibok, mas não era uma delas. Era Nakia.

Os motoristas, ansiosos e em alerta, somados ao fato de que todos os seis veículos deram problema ao mesmo tempo, fizeram-na saber que ele estava por perto. O que significava que estava quase na hora de agir.

Do lado de fora, os soldados estavam cada vez mais nervosos, sentindo que algum tipo de perigo iminente estava se fazendo presente. O Pantera Negra continuou na moita onde estava, esperando o momento certo, até que todos os soldados estivessem juntos.

— Ali! — gritou um dos motoristas, apontando para o mato que balançava ao longo da estrada. Dois soldados se aproximaram cautelosamente da beira da estrada, onde ouviam um farfalhar. Apontaram as armas, prontos para atirar, quando dois cães selvagens surgiram das moitas. Os soldados relaxaram e viraram-se para o líder do comboio.

Antes que pudessem receber novas ordens, o Pantera Negra saltou das árvores acima e nocauteou os dois homens.

— Atirem! — o líder ordenou.

Dentro do caminhão, Nakia percebeu que era hora de agir. Ela deu um golpe repentino no mais velho dos dois guardas, deixando-o inconsciente. Então virou para o menino. Ele parecia assustado naquele uniforme grande demais para seu tamanho. Nakia o desarmou em um instante, e o garoto saltou do veículo. Ela olhou para fora do veículo, voltou-se para as mulheres e sinalizou para que se preparassem para fugir.

Do lado de fora, os soldados atiravam no Pantera Negra, enquanto ele abria caminho entre eles, mas as balas apenas caíam inofensivas após se chocarem com o uniforme revestido de *vibranium*. Um a um, os soldados caíam conforme o Pantera Negra saltava, golpeava, desviava e atacava, abrindo caminho pelo grupo. Tirando vantagem dos arredores, ele saltava no meio das árvores e, momentos depois, reaparecia do outro lado da estrada, mantendo-se sempre um passo à frente dos oponentes; quando descobriam onde ele estava, já era tarde demais.

O Pantera Negra virou-se e abruptamente se deparou com o soldado de doze anos do caminhão em que Nakia estava. Ele levantou um braço, as garras surgiram, prontas para atacar, quando uma voz familiar ecoou.

— Não! Pare! Deixe-o ir — gritou Nakia enquanto guiava as mulheres para fora do veículo.

De repente, uma das mulheres gritou. Um soldado a pegou como refém e começou a gritar para o Pantera Negra.

— Demônio! Eu já ouvi histórias sobre você! O demônio felino, guardião das almas. Você não terá a minha!

O Pantera Negra se abaixou e rosnou.

— Conhece minhas histórias? Então sabe meu nome. Não sou um demônio felino. Sou o Pantera Negra.

Ele estava prestes a saltar sobre o homem quando Okoye apareceu repentinamente, cortou a arma do homem ao meio com sua lança e deu um chute circular que fez o homem voar para longe.

— Você hesitou — ela disse ao Pantera Negra, com uma piscadela.

O Pantera Negra revirou os olhos e virou-se para o menino que tremia, imóvel, diante dele. Depois, para Nakia, e o coração dele subiu para a garganta só de vê-la. Já ela tentava esconder o alívio que cruzou o rosto dela quando contemplou o homem que não via há dois anos. Houve um silêncio constrangedor, enquanto nenhum deles sabia o que dizer depois de tanto tempo distantes.

Relembrando a missão em andamento, o Pantera Negra apontou para o garoto.

— O que devo fazer com esse aqui? — perguntou ele a Nakia.

— Essas mulheres foram sequestradas de suas vilas. Olhe para ele. Obviamente ele também foi sequestrado e forçado a obedecer. Ele mal tem idade suficiente para ser responsabilizado por alguma coisa. Imagino que o melhor para ele seria reencontrar a família.

Nakia olhou para o garoto e disse algo na língua materna dele. Ele concordou com a cabeça veementemente e correu até as mulheres a quem Okoye estava ajudando a sair dos caminhões.

— Como desejar, Nakia — disse o Pantera Negra. — Agora é hora de voltar a Wakanda.

Nakia ficou furiosa.

— Eu tenho uma missão: libertar essas mulheres e outras que foram sequestradas como elas. Venho fazendo esse trabalho por dois anos, e agora você aparece e me manda de volta para casa?

T'Challa tirou sua máscara, colocou uma mão no ombro de Nakia e continuou em um tom mais suave.

— Nakia, o rei, meu pai... ele foi morto em um ataque no mundo exterior. — Nakia ficou visivelmente chocada com a notícia. — Tentamos contatá-la antes do enterro, mas você estava tão envolvida com esta missão. Não conseguimos falar com você a tempo.

Nakia soltou um suspiro trêmulo. A família dela sempre foi próxima da família real, e o rei T'Chaka era como um segundo pai para ela.

— Sinto muito, T'Challa. Shuri e Ramonda... como elas estão? — perguntou Nakia por fim, tocando o braço do príncipe, tentando oferecer algum apoio.

— Minha irmã e minha mãe são fortes — respondeu o Pantera Negra. — A cerimônia é amanhã nas Cataratas do Guerreiro e o ancião da Tribo do Rio pede sua presença. — Ele parou um momento antes de completar. — Eu gostaria que estivesse lá também.

Nakia concordou com a cabeça antes de se afastar dele e caminhar até as mulheres sequestradas e Okoye, dirigindo-se ao grupo em uma língua nigeriana.

— Vocês estão livres. Não vamos permitir que outros homens como estes pisem na sua vila novamente.

— Não precisam temer — falou Okoye, também na língua nativa das mulheres. — O caminho de volta está seguro, e nós estaremos supervisionando vocês da nossa nave para garantir que cheguem em segurança. Vão em paz, minhas irmãs.

Assim que as mulheres e o menino partiram floresta adentro, o Pantera Negra, Okoye e Nakia embarcaram no caça Garra Real. Lá dentro, T'Challa e Nakia se encontraram sentados próximos um ao outro. O príncipe abriu a boca para dizer alguma coisa, *qualquer coisa*, mas não foi capaz de encontrar as palavras que expressariam o que sentia no momento. Felizmente para ele, não demorou para Nakia se virar e se encolher, sua linguagem corporal indicando que ela estava dormindo. T'Challa suspirou, mas não disse nada, encarando a noite escura pela janela. Ele presumiu que aquilo que precisava ser dito entre eles poderia esperar até que pousassem em Wakanda.

D E COSTAS PARA T'CHALLA, OS OLHOS BEM ABERTOS DE Nakia desmentiam o sono que seu corpo demonstrava, enquanto ela procurava no coração a melhor forma de começar uma longa — e muito adiada — conversa com o velho amigo. Ela, assim como o príncipe, não sabia o que dizer. Enquanto Okoye pilotava a nave, Nakia se forçou a fechar os olhos, sem saber que T'Challa ainda a observava, esperando que ela falasse primeiro.

Em meio ao silêncio, o trio viajou noite adentro.

Centenas de quilômetros depois, Nakia finalmente havia caído no sono — o primeiro descanso decente nos quase dois anos em que esteve em missão como agente disfarçada. A mente de T'Challa estava dividida entre o que ele sabia que o esperava enquanto membro da família real e a mulher que estava dormindo tranquilamente perto dele.

— Irmã Nakia, meu príncipe. — A voz de Okoye cortou o silêncio. — Estamos em casa.

A nave pairou sobre uma exuberante floresta tropical por um instante, antes de disparar para baixo como uma bala. Quando chegaram ao nível das árvores, a floresta — um holograma projetado por quilômetros — desapareceu, relevando a nação de Wakanda abaixo. Arranha-céus e outros prédios se misturavam à paisagem natural da selva, com um intrincado sistema ferroviário de alta tecnologia serpenteando pelas ruas. A nave seguiu direto para a capital, a movimentada Cidade Dourada, que mesclava a tecnologia com a natureza que a cercava da forma mais harmoniosa possível.

A nave foi até o prédio mais opulento da Cidade Dourada — o palácio real. Mais alto que todos os outros prédios, o palácio era a essência de uma *Cidade Dourada*. Era cintilante, mesmo sob a luz da lua, conforme o revestimento de pedras preciosas e folhas de ouro que adornavam o exterior captavam as luzes da cidade; isso fazia o palácio parecer brilhar, destacando-se como um símbolo de orgulho para todos os cidadãos. A nave aterrissou na pista de pouso, que se estendia em um nível superior da majestosa habitação. A porta se abriu e T'Challa desembarcou, feliz por ver a irmã mais nova, de dezoito anos, Shuri, e Ramonda, a rainha-mãe, o esperando, cercadas por membros das Dora Milaje.

— Mãe, como pode ver, não há motivo para preocupação. Voltamos sãos e salvos — disse T'Challa, beijando Ramonda nas duas bochechas. — Irmãzinha, você deixou o seu laboratório para me receber? Que bela surpresa. — Ele cumprimentou Shuri, que o abraçou.

— E então? — sussurrou ela, sonoramente, para Okoye assim que abraçou o irmão — Ele hesitou?

— Como um antílope encurralado — respondeu Okoye com um leve sorriso.

— Eu sabia que ele hesitaria — cantarolou Shuri, triunfante.

T'Challa revirou os olhos para a irmã mais nova.

— Eu não hesitei — resmungou ele, de forma mais grosseira do que pretendia.

Shuri sorriu.

— Chega de falar de você, irmão. Estou aqui a negócios; mais precisamente, para saber sobre as contas Kimoyo. Funcionaram? Eu fiz algumas melhorias nelas.

Shuri era um turbilhão de energia, com sua mente complexa sempre pensando e aperfeiçoando coisas já existentes para criar algo totalmente novo. Apesar de jovem, ela já era uma importante e valiosa integrante do Grupo de Design de Wakanda, responsável por criar algumas das mais avançadas tecnologias da nação.

— Elas funcionaram exatamente como você as programou. Tudo foi executado com perfeição — disse T'Challa.

Shuri suspirou.

— Quantas vezes eu tenho que dizer para você, irmão? Não é porque alguma coisa funciona que não pode receber melhorias. — Ela foi até Okoye.

— Obrigada, princesa — disse Okoye ao devolver as contas Kimoyo à Shuri. — Estou ansiosa para saber o que sua mente tem pensado para melhorar ainda mais este engenho.

Shuri olhou para T'Challa, depois para Nakia, que estava prestando suas condolências à Ramonda. A rainha abraçou o filho depois que Nakia se afastou.

— Obrigada por trazê-la para casa em segurança, T'Challa. Vê-la aquece meu coração.

— Ela não queria deixar a missão. Se não fosse pela cerimônia amanhã, eu duvido que ela teria retornado — disse T'Challa à mãe.

Ramonda sorriu conscientemente.

— Você a trouxe. Estou certa de que isso teve alguma influência na decisão dela também. Nakia é obstinada, assim como você. Talvez seja hora de abrir mais seu coração?

T'Challa deu de ombros, sem querer deixar que a conversa seguisse naquela direção, e mudou o foco imediatamente.

— Como você está, mãe?

— Orgulhosa — respondeu ela, com um sorriso leve que ecoava o sentimento. — Seu pai e eu conversávamos sobre esse momento o tempo todo, e, agora, ele finalmente chegou.

T'Challa sentiu uma pontada de dor no coração.

— Ele ainda deveria estar aqui conosco. Este momento chegou cedo demais — ele disse em um tom frágil.

Ramonda colocou o braço ao redor da cintura do filho.

— Ele está onde Bast deseja que ele esteja. — Ela olhou para o príncipe. — Agora, é a sua vez de ser rei, T'Challa.

Enquanto eles se encaminhavam para o palácio, a mente de T'Challa retornou ao caixão do pai no Salão dos Reis. No dia seguinte, Wakanda coroaria um novo rei. T'Challa esperava ser capaz de manter vivo o legado do pai.

CAPÍTULO 2

O SOL ESTAVA A PINO NO CÉU AZUL, RELUZINDO SOBRE O rio Wakanda. Barcos dominavam o rio, descendo a corrente, ocupados pelos membros das quatros tribos de Wakanda: a da Fronteira, a do Rio, a Mineradora e a Mercante, todas bem representadas. Fechando a procissão, a Barca Real seguia, flanqueada pelas embarcações da guarda real e das Dora Milaje. Shuri e a amiga, Ayo, uma membra das Dora Milaje, estavam na Barca Real.

Shuri estava desconfortável, desacostumada a usar seus trajes nobres e participar de eventos reais. Ela preferia um jaleco branco àqueles adereços em quaisquer circunstâncias.

— Me sinto como uma dançarina de apoio — ela disse a Ayo.

— Aqui você está mais para Beyoncé, princesa — Ayo respondeu, com um sorriso.

Ramonda deu à filha um olhar de repreensão.

— Cuidado com o que fala, garota, e preste atenção. — Ela acenou em direção à margem do rio, onde milhares de wakandanos marchavam a caminho do mesmo destino. — Rituais são primordiais para nosso povo, e este significa unidade. Cada tribo apresentará seu maior guerreiro, que lutará pelo trono ou abrirá mão da disputa voluntariamente, mostrando confiança em nossa família.

— Até mesmo você poderia desafiar seu irmão, princesa — Ayo comentou, num tom tendencioso.

Shuri revirou os olhos.

— E ficar presa a um trono e ter que lidar com os anciões todos os dias, o dia inteiro? Não, obrigada. Tenho meu laboratório; aquele reino é o suficiente para mim.

As barcaças continuaram a navegar rio abaixo até atracarem perto da grande cachoeira que demarcava as Cataratas do Guerreiro. A Guarda Real saiu da barca e foi até o pé da cachoeira. Em unidade, eles fincaram seus escudos no chão. A barragem formada desviou o fluxo de água, e a lagoa abaixo foi drenada, revelando a Arena do Desafio. Várias fileiras de assentos estavam esculpidas na piscina de pedra, todas voltadas para uma grande área onde os desafiantes competiriam para se tornar o próximo rei de Wakanda.

A Família Real ocupou seus assentos, e o resto da área começou a se encher de wakandanos, todos ansiosos pelos eventos do dia. Cada tribo sentou-se na seção designada a ela. Shuri olhou para a Tribo do Rio e viu Nakia sentada entre seu povo. Ela deu um pequeno aceno. Acima da lagoa, os milhares de wakandanos que haviam caminhado até as Cataratas do Guerreiro se enfileiravam na área, ombro a ombro, disputando pela melhor visão da cerimônia.

Um homem por volta dos cinquenta anos tomou o centro da arena. Era Zuri, o Alto Xamã, que carregava consigo a Lança de Bashenga. Um ancião e um guerreiro escolhido de cada tribo entraram na Arena do Desafio. O xamã ergueu a lança.

— Eu, Zuri, filho de Badu, dou as boas-vindas a todas as tribos de Wakanda para o ritual do Desafio. Representantes de cada tribo estão presentes, como é devido — disse ele, examinando os membros das quatro tribos que se aproximaram. — E agora apresento a vocês príncipe T'Challa, o Pantera Negra!

O Caça Garra Real, que sobrevoava as cataratas, desceu e T'Challa desembarcou na superfície da arena. Ele não usava seu traje de Pantera Negra. Em vez disso, estava coberto por pinturas que representavam uma pantera, portando uma lança curta e um escudo. Ele contemplou a enorme multidão que se reuniu para assistir seu destino se desdobrar.

Entre os membros da Tribo do Rio, Nakia analisava T'Challa. Ela sabia que poucos — talvez apenas ela — seriam capazes notar que, sob a atitude determinada e confiante que ele tentava projetar, ele sentia o peso da responsabilidade que carregava. Ela sorriu, sabendo o quão desconfortável ele provavelmente estava com toda aquela atenção.

T'Challa andou até Zuri e se ajoelhou diante do xamã, que segurava uma cumbuca cerimonial nas mãos e a ofereceu ao príncipe.

— Beba isso, príncipe T'Challa, e os poderes garantidos a você pelo deus Pantera serão removidos do seu corpo para que possa oferecer um combate justo a qualquer um que o desafiar.

T'Challa pegou a vasilha e bebeu. Em segundos, sentiu uma ardência percorrer seu corpo. Enquanto o líquido fazia efeito, ele olhou para baixo, vendo as veias dos braços escurecendo e saltando. Ele conseguia sentir a erva-coração correndo por ele, levando os poderes do Pantera Negra embora.

Ele encarou Zuri, devolvendo a cumbuca ao xamã. Zuri buscou numa bolsa, tirou uma máscara de pantera e a ofereceu a T'Challa, que a colocou no rosto.

Zuri se dirigiu às massas reunidas:

— A vitória no ritual de combate é determinada pela desistência ou pela morte. Se alguém tentar interferir, deverá pagar com a própria vida. Agora, eu ofereço o caminho ao trono. Alguma tribo deseja apresentar um guerreiro ao desafio?

— A Tribo Mineradora não desafiará o príncipe — disse a anciã da tribo. Zuri aprova a recusa com um aceno de cabeça, e o guerreiro e a anciã da tribo retornam aos seus lugares.

As outras três tribos — da Fronteira, do Rio e Mercante —, uma a uma, seguem a Tribo Mineradora e recusam-se a desafiar o trono. Após os membros da última tribo retornarem aos seus lugares, Zuri se volta a T'Challa, com a coroa em mãos.

— Tribos de Wakanda, sem ser desafiado, o príncipe T'Challa se torna…

O discurso de coroação de Zuri é interrompido pelos sons retumbantes de um tambor que de repente tomaram a arena.

Seis guerreiros aparecem e se dirigem até a Arena do Desafio, acompanhados por dois homens tocando seus tambores de madeira. Os guerreiros usam armaduras e portam lanças longas, todas de madeira. No centro do grupo, o maior dos guerreiros usa uma máscara de gorila cobrindo o rosto.

A multidão estava em choque; murmúrios nervosos irromperam enquanto o grande guerreiro se aproximava de Zuri e levantava a máscara, revelando um sorriso de escárnio e olhos cheios de ódio profundo. O xamã encarou o guerreiro com desdém.

— Como ousa interferir nesta cerimônia? — Zuri murmurou, balançando a cabeça.

— Eu, M'Baku, líder do clã Jabari, exijo direito à representação neste ritual. Nossas vozes não serão mais silenciadas — ele gritou para que todos ouvissem.

— Fizemos um acordo com sua tribo. Vocês ficariam com as montanhas e nos deixariam em paz — Zuri rebateu.

M'Baku encarou o xamã e começou a circular a arena enquanto falava.

— Um acordo feito milhares de anos atrás, feiticeiro! Hoje é um novo dia. Nós observamos e escutamos das montanhas. Ouvimos falar das viagens de T'Challa para se aproximar de estrangeiros. Assistimos com desgosto seus avanços tecnológicos sendo liderados por uma pirralha que zomba da tradição.

De onde estava, Shuri se retesou quando M'Baku fez contato visual com ela intencionalmente. Ayo se postou em frente à família real, em guarda. M'Baku deu meia volta e andou até estar frente a frente com T'Challa.

— E agora vocês querem confiar a nação a este príncipe, que sequer pôde manter o próprio pai seguro? — T'Challa fechou o punho diante do insulto, mas não disse nada. — Nós não aceitaremos isso!

M'Baku voltou-se ao centro da arena.

— Eu, M'Baku, líder dos Jabari, demando o desafio pelo trono! — Os batuques voltaram em ritmo acelerado.

Zuri olhou para T'Challa, sem palavras, incerto sobre como proceder.

T'Challa deu um passo à frente, estendeu uma mão para M'Baku e olhou diretamente nos olhos do desafiante.

— Eu aceito.

Ignorando a mão estendida de T'Challa, M'Baku abaixou a máscara de gorila, cobrindo o rosto novamente, bateu a lança no chão e gritou para todos ouvirem:

— Glória a Hanuman!

Zuri deixou a Arena do Desafio para se juntar à família real, enquanto os dois oponentes começaram a se circundar, esperando para ver quem faria o primeiro movimento. Os guerreiros jabari e as Dora Milaje se posicionaram em lados opostos da arena, ambos os grupos com as lanças em riste.

Sem aviso, M'Baku avançou contra T'Challa. O guerreiro, bem maior que o príncipe, golpeou sem piedade o peito de T'Challa, derrubando-o. M'Baku saltou sobre o wakandano caído e ergueu sua lança, mas T'Challa agilmente rolou para o lado antes que M'Baku o atingisse mais uma vez. O príncipe chutou a perna do oponente, desequilibrando o guerreiro jabari por um momento. A cada novo golpe, os guerreiros jabari e as Dora davam um passo à frente, forçando os dois combatentes a se aproximarem cada vez mais da borda da arena.

T'Challa levantou num salto, deu um giro e chutou a barriga de M'Baku. O desafiante grunhiu, mas logo se recuperou, com fúria nos olhos. Ele deu um pulo alto e acertou um chute na cabeça do príncipe, que foi arremessado longe. Com o impacto, T'Challa deixou a lança e o escudo escaparem. Ele tentou levantar, mas zonzo e com um silvo nos ouvidos, T'Challa perdeu o equilíbrio e caiu no chão. Sem as habilidades do Pantera Negra, T'Challa não era tão poderoso fisicamente quanto M'Baku. Ele se sentia vulnerável e não sabia por quanto tempo conseguiria aguentar os golpes do guerreiro jabari, nem se poderia derrotá-lo. Mal tinha recuperado o fôlego quando

M'Baku avançou mais uma vez contra ele — e estavam cada vez mais perto da borda da cachoeira.

Fora da arena, Shuri olhava preocupada para a mãe. Ramonda ergueu a mão delicadamente.

— Ele vencerá. Apenas precisa encontrar a força que todos sabemos que está dentro dele. Por sua família. Por Wakanda.

Shuri se levantou, erguendo a voz para que o irmão pudesse ouvir, e disse com firmeza:

— Vai, T'Challa! Chute a bunda dele de volta para as montanhas!

— T'Challa! T'Challa! — Nakia começou a entoar perto dali. Ramonda, Shuri, Ayo e Okoye começaram a ecoar o grito de encorajamento. Logo o canto se espalhou por todo o povo de Wakanda, incentivando seu futuro líder.

Ainda no chão, T'Challa estava sendo esmurrado por M'Baku. Através do zumbido em sua cabeça, começou a ouvir a torcida da família e dos amigos, a torcida de sua nação. Ele se esquivou do soco de M'Baku, que bateu forte no chão duro. T'Challa se recuperou o suficiente para agarrar a lança de M'Baku. Enquanto os dois disputavam o controle da arma, ela quebrou no meio.

T'Challa rolou para trás e recuperou a própria lança caída, enquanto as Dora e os guerreiros jabari deram mais um passo adiante. Num movimento fluido, o príncipe girou e estocou M'Baku na coxa. O homem rugiu de dor. A multidão vibrou enquanto T'Challa saltou e envolveu o pescoço de M'Baku com as pernas, levando o guerreiro ao chão. T'Challa rolou pela Arena do Desafio, com as pernas como um torniquete em volta do pescoço do guerreiro jabari.

— Renda-se — T'Challa gritou para o adversário.

— N-nunca — M'Baku resmungou em tom desafiador. T'Challa fez mais pressão.

— Eu não vou matá-lo, M'Baku! Você *precisa* desistir! Não por mim, mas pelo povo cuja existência depende de você! Eles precisam de você. Por favor, por eles… renda-se.

Mas M'Baku apenas continuou a lutar. Eles estavam quase caindo da arena. Os músculos da perna de T'Challa tremiam conforme se contraíam e M'Baku se recusava a desistir.

— M'Baku — T'Challa implorou uma última vez —, por favor. Pela sua tribo.

Depois de uma longa pausa, M'Baku finalmente ergueu a mão e deu dois tapinhas no chão, indicando sua rendição. T'Challa afrouxou as pernas, hesitante, e o outro guerreiro rolou para o lado e deitou no chão de barriga para cima.

— Eu me rendo — M'Baku disse fracamente.

T'Challa levantou cambaleante enquanto Zuri se aproximava dele. O vitorioso olhou para a audiência em volta da Arena do Desafio, tão tempestuosa há pouco, mas em completo silêncio agora.

— Wakanda para sempre! — Ele ergueu um punho. A multidão eclodiu em um rugido de aprovação.

Zuri ficou ao lado de T'Challa, ergueu a outra mão do príncipe e proclamou:

— Apresento a vocês rei T'Challa, o Pantera Negra!

A arena vibrou. A nação regozijou-se com a vitória do novo rei.

T'Challa voltou-se para M'Baku enquanto ele desaparecia pela entrada da caverna da qual havia surgido, seguido pelos seus homens. Eles não parabenizaram T'Challa pela vitória merecida.

Mas o novo rei ignorou o insulto e voltou a atenção para os demais cidadãos de Wakanda. Ele tinha assuntos mais importantes para tratar. Agora era seu dever, direito e destino enquanto rei, proteger, servir e governar Wakanda.

CAPÍTULO 3

Naquela noite, T'Challa entrou no Salão dos Reis, com curativos nos machucados da batalha e seu espírito elevado. Zuri o esperava, com a cumbuca cerimonial que usara na Arena do Desafio ao lado dele. O xamã se curvou.

— Meu rei.

T'Challa retribuiu a reverência, enquanto um pequeno arrepio o percorreu ao ser tratado como "rei".

Zuri apanhou a vasilha. T'Challa sabia que estava preenchida com um líquido composto da erva-coração misturada com água. O líquido começou a emitir um leve brilho.

— Deite-se — Zuri instruiu. T'Challa obedeceu, deitando-se de bruços no chão enquanto era enterrado com barro.

— Você recebeu o direito de clamar o poder do Pantera Negra, assim como tem sido concedido a todos os governantes de Wakanda por séculos, até que julguem adequado transmiti-lo para a próxima geração, como seu pai o passou a você — Zuri levou a vasilha aos lábios de T'Challa. — Beba e seja restaurado.

T'Challa bebeu o conteúdo sem hesitação. Em segundos, começou a sentir o poder pulsar por suas veias. Ouviu as batidas do próprio coração cada vez mais altas.

— Relaxe — Zuri instruiu. — Seu espírito deixará seu corpo agora e viajará até o Plano Ancestral, como é tradição na coroação. Você terá uma audiência com os Panteras e reis que o precederam. Use bem este tempo, meu rei.

T'Challa sentiu o mundo ao redor dele começar a girar e desaparecer enquanto a escuridão se abateu sobre ele.

Quando T'Challa abriu os olhos, ele estava num descampado. As estrelas tinham um brilho mais forte naquele céu e pareciam se mover em suas órbitas. Acácias altas cercavam o campo em que ele estava e a grama balançava gentilmente com a brisa leve. Assim que se levantou, T'Challa pôde ver os brilhantes olhos amarelos das panteras empoleiradas em uma dessas árvores particularmente majestosas; suas pelagens azeviche mesclavam-se à noite. Eram os espíritos ancestrais dos Panteras Negras anteriores. De repente, uma das panteras saltou da árvore, transformando-se numa figura familiar, que começou a se aproximar de T'Challa. As lágrimas surgiram imediatamente nos olhos do jovem rei.

— Baba — T'Challa sussurrou.

Diante dele estava o espírito de T'Chaka, em trajes reais. Próximo àquele espírito havia a sombra de um T'Chaka mais jovem, vestindo o traje do Pantera Negra. As duas facetas se mesclaram em uma quando T'Chaka alcançou o filho e T'Challa envolveu o pai num abraço apertado.

— Meu filho, meu rei, meu Pantera Negra — T'Chaka sorriu orgulhoso. — Eu nunca duvidei de você.

— Eu consegui, Baba. Me perdoe, mas por um momento, na Arena do Desafio, eu tive dúvida — T'Challa confessou.

— E o que a aliviou? — T'Chaka perguntou.

— Os gritos do povo. Do meu povo. Eu não podia falhar em meu dever e desapontá-los — T'Challa disse, relembrando a própria hesitação na arena, quando estava quase certo de que M'Baku o derrotaria, antes da torcida dos wakandanos alcançar seus ouvidos e reviver seu espírito.

T'Chaka sorriu novamente.

— Lembro desse sentimento, meu filho. Você está correto: eles são *seu* povo agora, e o procurarão em busca de orientação. O caminho de um regente é longo e cheio de momentos nos quais você se questionará. Pensa que eu não tive minhas próprias crises, momentos em que duvidei de mim mesmo ou me questionei se estava fazendo o melhor para nossa nação?

T'Challa estava surpreso. Para ele, T'Chaka jamais fora qualquer coisa além da figura poderosa de líder confiante que T'Challa sempre observara com admiração e reverência, e até idolatrara.

— Sério? — ele perguntou, cético.

— É claro — T'Chaka respondeu. — Eu me cerquei de conselheiros sábios, anciões e, claro, sua mãe. Você nunca ter visto minhas dúvidas enquanto governante foi o que me ajudou a ter sucesso e guiá-lo.

— Você foi tirado de nós cedo demais, Baba. Eu não sei se estou pronto — T'Challa lançou um olhar suplicante ao pai.

T'Chaka colocou ambas as mãos nos ombros do filho e olhou fundo nos olhos dele.

— Um homem que não preparou seus filhos para a própria morte falhou como pai. Eu falhei com você, filho?

T'Challa negou com a cabeça.

— Você deve seguir em frente. Meu tempo acabou. Você é o rei agora — T'Chaka disse.

— Como eu devo liderar as tribos, Baba? Eu quero ser um grande rei, como você foi — T'Challa realmente sentia que o pai havia sido o melhor governante de qualquer nação.

T'Chaka encontrou o olhar do filho.

— Você vai ter dificuldades, meu filho — ele disse, com tristeza na voz.

— Por quê? — perguntou T'Challa.

— Porque você é um bom homem — T'Chaka respondeu com um suspiro. — E, para bons homens, é difícil ser rei.

— Você era um bom homem — T'Challa rebateu.

T'Chaka assentiu.

— E tive muitas dificuldades por conta disso. Mas siga seu coração. É um bom coração. Você saberá o que é melhor para sua nação no fim das contas, e aqueles que ajudarão a guiá-lo perceberão isso.

Olhando para as estrelas que cintilavam acima dele nas profundezas do céu escuro, T'Chaka soltou um longo suspiro. Ele voltou a atenção para o filho novamente.

— Nosso tempo está terminando, meu filho. Vá em frente e lidere, sabendo que meu espírito está sempre ao seu lado. Encontre força no poder do Pantera Negra. E sempre mantenha aqueles que você ama por perto, pois eles sempre buscarão ajudá-lo. Assim como eu o farei.

T'Chaka abraçou o filho e, um momento depois, T'Challa sentiu o mundo ao redor começar a rodar mais uma vez, distorcendo-se até restar apenas a escuridão.

Quando abriu os olhos novamente, T'Challa estava de volta ao Salão dos Reis. Voltando-se para Zuri, ele pediu:

— Me mande de volta. Eu tenho mais perguntas — T'Challa implorou ao xamã.

Zuri balançou a cabeça.

— Você sempre terá mais perguntas. É isso que faz um bom rei.

T'Challa sentou-se.

— Disse ao meu pai que eu não achava que estava pronto para ser rei. E ainda não tenho certeza.

— O que é que mais o perturba? — Zuri perguntou.

— Ter falhado em manter meu pai vivo. Eu disse a ele que havia algo de errado com aquela reunião das Nações Unidas. Eu senti, mas não tomei nenhuma atitude — T'Challa ficou cabisbaixo ao se lembrar. — Talvez M'Baku estava certo. Se não fui capaz de proteger meu próprio pai, meu rei, então quem sou eu para governar?

Zuri colocou a mão gentilmente no queixo de T'Challa e ergueu a cabeça dele.

— Não dê atenção àquele homem da montanha. Ele não sabe do que está falando. Em seu coração, você sabe que fez o melhor que pôde. Você também sabe que não havia nada que poderia fazer ou dizer para impedir que seu pai discursasse naquele dia. Era uma decisão importante, e que apenas ele podia tomar. As consequências não são responsabilidade sua. Livre-se desse fardo e aprenda a perdoar a si mesmo.

— Você faz parecer tão fácil — T'Challa disse baixinho.

— Sempre mantenha essas palavras em mente, meu rei: o mundo é imprevisível demais para termos certeza do que vem a seguir. Podemos apenas nos preparar da melhor maneira possível. Mas ninguém sabe o que o futuro nos reserva ou de onde surgirá a próxima ameaça, nem mesmo um rei.

T'Challa levantou os olhos e viu o ataúde real de seu pai, próximo dali. Absorveu as palavras de Zuri e as que o espírito de seu pai lhe dissera no Plano Ancestral. Levantando-se, T'Challa se aproximou do esquife do pai, o beijou e deixou o salão como mais novo rei de Wakanda.

CAPÍTULO 4

Londres, Inglaterra

Estava chovendo em Londres.

Como sempre, pensou a diretora do Museu da Grã-Bretanha, Manning, suspirando enquanto esperava, na fila da cafeteria do museu, por seu chá da manhã. Quando chegou sua vez de pedir, aproximou-se do balcão e percebeu um rosto novo esperando para atendê-la.

— Bom dia. — Ela examinou a barista, que não reconheceu. — Primeiro dia?

— Sim, senhora — a barista respondeu. Ela era estadunidense, a diretora Manning notou.

— Bem-vinda. Quero um chá, preto, com leite e açúcar, por favor. — Enquanto a barista preparava a bebida, a diretora Manning olhou ao redor. O museu já estava bem movimentado. Turistas, visitantes regulares e um grupo de estudantes em excursão estavam vagando próximo à entrada e iam de uma galeria para outra. *Seria um dia movimentado*, ela pensou.

— Aqui está, senhora — a voz da barista a tirou de seu devaneio.

A diretora pegou o copo da mão da jovem e tomou um gole.

— Maravilhoso, obrigada. — Ela sorriu para a nova barista. — Bem-vinda ao museu.

Ela se virou e tomou outro gole enquanto se dirigia para o escritório.

— Diretora — uma voz a chamou da esquerda. Pertencia a um segurança que se aproximava.

— Sim? — ela respondeu.

— Há um senhor na ala da África Ocidental pedindo para falar com a senhora — ele informou.

A diretora Manning franziu as sobrancelhas. Frequentadores de museus não costumam requisitar a presença da diretora para opinar a respeito das exibições.

— Qual parece ser o problema? — ela perguntou.

O guarda hesitou.

— Problema nenhum, senhora... ele só está dando uma olhada nos itens como se estivesse em um mero shopping ou algo do tipo.

— Está bem, Edmund, muito obrigada. Eu vou até lá. — A diretora foi até a ala da África Ocidental, seus saltos altos estalando contra o piso de *parquet*.

Quando entrou na ala, ela viu nos fundos da galeria um homem negro de pele escura, alto, vestindo roupas modernas no estilo *streetwear* que pareciam ser muito caras. Ele usava um colar de ouro grosso e passava um ar de imponência. Como o segurança havia notado, ele estava observando os artefatos de perto, como se escolhesse um presente.

— Olá. Sou a diretora Manning. Você queria me ver? — Ela estendeu a mão para cumprimentá-lo, mas o homem a ignorou. Em vez de apertar a mão dela, ele apontou para uma máscara tribal africana pendurada na parede.

— Me fale sobre essa peça. O que sabe sobre ela? — ele perguntou abruptamente.

Ela examinou a máscara, surpresa com o tom direto dele.

— Uma máscara xamã tribal, do século IX, da região do Benim. Acreditamos que era usada em rituais de sepultamento.

— E essa? — ele apontou para um machado, deteriorado pelo tempo, mas bem preservado.

— Um machado forjado no século XI, da região de Tânger. Usado para cortar madeira para auxiliar na construção de telhados para cabanas — a diretora respondeu.

O homem foi até o que parecia ser uma ferramenta de mineração e parou. Ele olhou para o item com um interesse especial. Em outras circunstâncias, a diretora juraria que ele parecia uma criança em sua festa de aniversário e que tudo atrás daquele vidro era um presente para ele.

Antes que ele perguntasse, ela começou a descrever o artefato.

— Século VII, uma picareta de mineração, também do Benim, pertencia ao povo Fula. Era…

— Não — o homem a interrompeu.

— Desculpe? — disse a diretora num tom frio. Ela estava ficando irritada.

O homem finalmente estendeu a mão. Ela aceitou o cumprimento, hesitante, notando como o aperto dele era forte.

— Erik Killmonger — ele se apresentou finalmente. — Você manja das coisas, tenho que lhe dar o crédito. Mas isso aqui? — Ele apontou para a picareta. — É verdade, foi pega por soldados ingleses no Benim, mas não é de lá, e definitivamente não é do século VII.

PANTERA NEGRA

Ele virou-se para encará-la e sorriu de um jeito que deixou a diretora incomodada.

— Aquela picareta é de Wakanda, tem mais de dois mil anos, e é feita de *vibranium* puro. Não se preocupe se nunca ouviu falar do lugar ou não tem nenhum outro item de lá; eles são famosos por serem bem possessivos.

— E-eu... — a diretora gaguejou enquanto a expressão de Killmonger se fechava.

— É o seguinte. Eu vou apenas tirá-la de suas mãos. Acho que já ficaram tempo suficiente com ela — disse com um sorriso ameaçador tomando seu rosto aos poucos.

Antes que pudesse protestar, a diretora Manning sentiu uma pontada aguda no estômago. Segurando a barriga, ela caiu no chão inconsciente de súbito.

Killmonger riu.

— Vocês, ingleses, confiam em qualquer coisa desde que tenha gosto de chá. — Olhando ao redor, ele gritou para os poucos visitantes que estavam próximos, mais adiante na ala. — Ei, há algum médico aqui?

Em segundos, dois paramédicos correram até lá com uma maca e pediram a todos que deixassem a exibição com calma. Os visitantes do museu recuaram cautelosamente enquanto os paramédicos isolavam a área. Enfim, eles voltaram sua atenção para a diretora caída.

— Ela não parece muito bem, parece, Limbani? — um dos paramédicos comentou com o outro. — Deve ser algo na água.

— Foi o que eu pensei, Klaue — respondeu o outro.

Eles não eram paramédicos. O primeiro homem era Ulysses Klaue, um terrorista e ladrão internacional. Ele e seu comparsa, Limbani, eram procurados no mundo todo por

44

dezenas de crimes, incluindo um enorme bombardeio em Wakanda, que resultou na perda de diversas vidas e no roubo de mais de cem quilos de *vibranium* puro. Agora estavam trabalhando com Erik Killmonger.

Virando-se para Killmonger, Klaue tirou as luvas.

— Vamos ver se você sabe do que está falando. — Ele olhou para a própria mão. Era uma prótese biônica; Klaue havia perdido a mão para Ultron antes de o android ser derrotado pelos Vingadores recentemente.

Antes que ele tivesse tempo de fazer qualquer coisa, dois seguranças irromperam pela entrada da exibição.

— Ei! Precisam de ajuda? — um deles perguntou. — O que aconteceu com a diretora Manning?

Klaue se virou para encarar o homem.

— Ela vai ficar bem. Eu acho. A gente só estava dando uma olhada, mas já encontramos o que precisávamos aqui, ok? Excelente atendimento ao cliente, aliás. Vocês não são mais necessários.

Com isso, ele ergueu a mão e a apontou para os seguranças. Um pulso sônico disparou da mão dele, derrubando os dois homens. Limbani se agachou para examiná-los.

— Desmaiados — ele constatou.

Klaue voltou a atenção à vitrine e disparou outro pulso. O vidro estremeceu e se desfez em milhões de pedaços, mas deixou o conteúdo lá dentro intacto. Ele avançou e pegou a "ferramenta de mineração" que Killmonger havia afirmado ser wakandana. Assim que a segurou, seu braço biônico começou a vibrar e zumbir. Aos poucos, séculos de poeira endurecida e detritos começaram a se soltar do artefato.

Depois de alguns segundos, a "ferramenta de mineração" na mão de Klaue se mostrou ser, de fato, uma picareta de *vibranium* puro e reluzente.

— *A-haaaaa!* O que eu disse? — Killmonger celebrou, com um olhar flamejante ao ver sua convicção se mostrar correta.

— Nós vamos fazer uma fortuna com isso. Bom trabalho, Killmonger — Klaue disse com um sorriso escancarado no rosto.

— Você vai tentar traficar *vibranium* puro? — Killmonger soltou um risinho debochado. — Boa sorte.

— Já tenho um comprador — Klaue retrucou. — Não me trate como um amador.

— Espero que saiba o que está fazendo. Assim que a notícia de que isso foi roubado for divulgada, você vai ter wakandanos no seu encalço — avisou Killmonger. — Eles não curtem ser roubados.

Klaue ergueu a mão biônica e colocou no rosto de Killmonger.

— De novo, não é minha primeira vez lidando com wakandanos. Ou com *vibranium*. Você fez um bom trabalho ao nos guiar até aqui, agora vamos terminar para que eu possa prosseguir para a próxima fase.

Killmonger assentiu.

— Você é quem manda.

Ele foi até a maca e deitou-se no saco sobre ela. Klaue colocou a picareta de *vibranium* sobre o peito de Killmonger, e Limbani rapidamente fechou o zíper do saco, escondendo Killmonger e o artefato lá dentro.

Klaue e Limbani levantaram a maca e se apressaram pela saída de emergência do museu. Do lado de fora, uma ambulância esperava por eles. Rapidamente colocaram a maca com

Killmonger na parte traseira, e Klaue embarcou atrás e fechou a porta. Limbani saltou para o assento do passageiro.

Ele se virou para a motorista: era a barista da cafeteria do museu.

— Bom trabalho. Só me lembre de nunca pedir uma bebida pra você. — Ele riu.

— Certo, hora da fuga — Klaue disse quando a barista deu partida no automóvel. — Vamos ganhar dinheiro. — Ele disse e abriu o zíper do saco para que Killmonger pudesse sair. Klaue pegou a picareta de *vibranium* e a virou nas mãos, com um olhar deslumbrado.

A barista acelerou a ambulância, ligou a sirene, e os criminosos se afastaram do museu e adentraram as movimentadas ruas de Londres. Momentos depois, outra ambulância chegou até o local, da qual paramédicos de verdade desceram e entraram correndo no museu com uma maca vazia, sem saber do assalto que acabara de ocorrer.

CAPÍTULO 5

A brisa morna de Wakanda carregava consigo os odores e sons da área que cercava o palácio real. Nakia e T'Challa andavam pelas ruas da Step Town, uma área promissora de Wakanda cheia de artistas e empreendedores, os prováveis líderes da próxima geração. Para todo lado, havia criatividade, ideias e inspiração latente. T'Challa gostava de visitar a Cidade da Passagem sempre que precisava de um respiro da vida que levava no palácio real, quando ele precisava se redescobrir.

Ele respirou fundo.

— O aroma de casa.

Nakia assentiu, contemplativa.

— Casa. E agora seu reino, meu rei — ela disse, com um brilho provocativo no olhar.

— Eu estava falando de você — ele disse, olhando-a de soslaio para ver a expressão embaraçada de Nakia. — E eu posso ser o rei de Wakanda, mas, para você, espero que eu seja algo a mais.

Nakia sorriu enquanto uma memória da infância deles tomou sua mente.

— Um ladrão.

T'Challa ficou confuso.

— Do que você está...? *Aaaaah*.

— Uma *hoverbike* da guarda real — eles disseram em uníssono.

— Eu tinha dez anos. Não sei se isso me classifica como um criminoso de carreira. — T'Challa riu. — E se me lembro bem, *você* é quem estava tentando roubá-la.

— E *você* furtou as contas Kimoyo do guarda real. — Nakia sorriu de volta. — Então você foi, no mínimo, cúmplice.

— Rodamos pela cidade até o sol se pôr. Foi um longo dia de verão; não voltamos ao palácio até depois do jantar. — O olhar de T'Challa parecia distante, enquanto ele relembrava os detalhes daquele dia. — Você pilotou sem medo.

— Não posso dizer o mesmo de você, quando voltamos e você teve que encarar seu pai. Você estava aterrorizado. — Nakia riu.

— Baba estava furioso, é verdade, mas principalmente preocupado com minha segurança. E com a sua. Ele me mandou para o quarto sem jantar.

— Você nunca me disse que ele o puniu por isso — Nakia disse, surpresa.

T'Challa sorriu.

— Eu nunca considerei como uma punição. Tive tempo para pensar e chegar a uma conclusão: foi naquele dia que eu decidi que queria estar com você pelo resto da minha vida. Mesmo que isso me custasse o jantar.

O rei olhou dentro dos olhos de Nakia, procurando por uma evidência de que ela sentisse algo similar. Mas Nakia abaixou a cabeça e virou-se para olhar um artista de rua girando e se curvando com fluidez em um ritmo que só ele conseguia ouvir.

Nakia suspirou.

— Eu quero voltar ao campo, T'Challa.

— Sempre um espírito livre. — T'Challa disse num tom jocoso que ia contra seus verdadeiros sentimentos, tentando esconder a mágoa pela aparente rejeição de Nakia.

— Falo sério. Passei os últimos dois anos na Nigéria. O que você viu em Chibok foi só uma fração do trabalho que venho fazendo. Há muito mais a ser feito por aquelas mulheres. — Nakia virou-se para encarar T'Challa. — A não ser que possamos libertá-las, oferecendo asilo para elas aqui.

— Permitir que estrangeiros atravessem nossas fronteiras é violar uma das nossas leis mais antigas — T'Challa respondeu bruscamente. — Veja o que aconteceu quando meu pai estendeu a mão para o mundo exterior. Custou a vida dele.

Nakia pressionou, sem se abalar com o tom de T'Challa.

— E tem mulheres e crianças perdendo suas vidas todos os dias para aqueles guerrilheiros. Não posso ficar dentro das fronteiras de uma nação escondida e ignorar o que acontece com elas lá fora. Desculpe, T'Challa. É o meu chamado.

T'Challa olhou para a mulher que amava — incerto se ela também o amava — e viu a expressão determinada. Ao ver a paixão nos olhos dela por proteger e salvar estrangeiros, ele não pôde evitar de se sentir ainda mais apaixonado. Ele também sabia que não poderia negar o pedido dela, mantê-la em Wakanda só porque a queria por perto.

— Certo — o rei de Wakanda concedeu. — Alertarei os Cães de Guerra que você voltará para o mundo. Mas em uma nova missão dessa vez.

Nakia estava confusa.

— Que "nova missão"? Achei que tínhamos concordado que eu voltaria para o meu trabalho.

— Você disse que queria estar em campo. Eu ouvi dizer que tem trabalho a ser feito em um lindo lugar chamado Havaí. — T'Challa olhou para ela por um momento antes de um sorriso brincalhão surgir no rosto dele. — Até vou me juntar a você.

Ela balançou a cabeça.

— Você não vai facilitar para mim, né? — Nakia perguntou, sorrindo.

— Eu já facilitei alguma vez? E agora eu sou rei. — T'Challa cruzou os braços e fingiu uma feição "séria".

— Não importa. Eu sempre posso roubar outra *hoverbike*. Sou uma mulher independente agora, que não precisa de um príncipe como cúmplice. — Ela o cutucou no peito.

— Você com certeza é uma mulher independente, Nakia. Não há como negar — T'Challa disse. A dança do artista de rua acabou e a pequena multidão que havia se reunido em torno dele aplaudiu com entusiasmo.

T'Challa também aplaudiu, pensando na última vez que ouviu uma salva de palmas — na Arena do Desafio, quando derrotou M'Baku. O momento que aceitou governar uma nação inteira. O pensamento o levou de volta ao Plano Ancestral e às palavras que seu pai lhe dissera: T'Challa precisaria de ajuda.

A GRAMA NAS PLANÍCIES DE WAKANDA ERA TÃO ALTA QUE um homem poderia transitar por ali de maneira quase indetectável, desaparecendo entre as folhas.

Exceto, claro, se este homem estivesse alimentando um rinoceronte de duas toneladas — exatamente o que fazia W'Kabi, outro dos compatriotas e amigos de infância de T'Challa, quando o rei se aproximou. W'Kabi, sempre sensato e honesto, era uma pessoa a quem T'Challa costumava procurar para se aconselhar durante longos anos de sua amizade. Exceto Ramonda e Nakia, W'Kabi provavelmente conhecia T'Challa melhor que qualquer um.

— M20 ainda pode crescer mais antes de explodir? Você o mima demais, meu amigo — T'Challa disse, admirando o gigantesco animal calmamente pastando as guloseimas que seu mestre amoroso lhe havia oferecido. — Lembro quando você o encontrou, órfão; ele mal conseguia ficar em pé.

— As crianças pedem para montar nele todo dia. Temos uma geração corajosa crescendo nessas terras. — W'Kabi ofereceu um sorriso alegre ao seu melhor e mais antigo amigo. — Acredito que estejam seguindo o exemplo de seu rei.

— Será que algum dia vou me acostumar a ouvir esse título e parar de olhar para ver se meu pai está atrás de mim? — T'Challa brincou, mas com um fundo de verdade.

— Não vai apenas se acostumar, como será um grande rei. — W'Kabi deu ao rinoceronte um tapinha nas costas e o deixou comendo, enquanto os dois amigos começaram a caminhar pelo descampado. — Notei que Nakia retornou.

— Não por muito tempo, se ela conseguir o que deseja — disse T'Challa com a voz tingida com tristeza.

W'Kabi deu um risinho.

— O que significa "não por muito tempo, ponto". Nós dois sabemos que Nakia sempre consegue o que deseja.

T'Challa olhou para o melhor amigo.

— Fora Nakia, ninguém me conhece melhor que você. E poucos conhecem Wakanda como você. — Ele suspirou. — Inclusive, talvez você conheça essas terras melhor que eu.

— O que o preocupa, meu rei? — W'Kabi sentiu que aquilo era mais do que apenas uma visita informal.

— Depois do desafio na arena, passei por um ritual. Graças a Zuri e à erva-coração, eu tive a chance de ver meu pai uma vez mais, de conversar com ele — T'Challa confidenciou ao amigo. — Uma das lições que ele me ensinou, para me tornar um bom governante, foi me cercar de pessoas em quem posso confiar, pessoas que me conhecem e cujo conselho eu possa procurar. Os anciões me veem como um jovem aventureiro e inexperiente em questão de política. Eles precisam me ver com alguém que respeitam: um guerreiro e um dos cidadãos mais fiéis e esforçados de Wakanda. Para não mencionar uma das maiores mentes estratégicas que eu já conheci. Para ser honesto, eu também preciso de alguém ao meu lado em quem eu confie.

Percebendo para onde essa conversa caminhava, W'Kabi buscou focar nos pensamentos de T'Challa.

— Há algum motivo para que você me diga isso, meu amigo?

T'Challa parou de andar e colocou a mão no ombro de W'Kabi.

— Eu preciso de um conselheiro real. E espero que você aceite de bom grado este cargo.

— Será uma honra servi-lo, meu rei — W'Kabi respondeu imediatamente, descansando a mão no ombro de T'Challa em resposta ao gesto de afeto.

Os amigos de longa data se abraçaram. Depois, W'Kabi deu um sorrisinho jocoso.

— Meu primeiro conselho é: não persiga os Vingadores em plena luz do dia usando os trajes do Pantera Negra.

Enquanto os dois riam, W'Kabi não pôde deixar de notar que parecia haver mais alguma coisa passando pela mente de T'Challa.

— Para aconselhá-lo, preciso saber o que ainda o perturba. Então, meu rei, o que é? — perguntou o recém-declarado conselheiro real.

T'Challa balançou a cabeça com tristeza.

— Nakia. Ela disse algo que não consigo esquecer. Ela quer fazer mais pelas pessoas oprimidas que está ajudando a libertar no exterior. Acredita que Wakanda deve oferecer um refúgio para aqueles que já não tem mais um lar para onde retornar.

W'Kabi foi pego de surpresa.

— Meu rei, você percebe o perigo da sugestão de Nakia? Se permitirmos que pessoas entrem, os problemas delas se tornam nossos. Logo, Wakanda se tornaria como qualquer outra nação.

T'Challa parecia reconsiderar sua decisão anterior.

— Mas se temos recursos para ajudar...

Os braceletes de contas Kimoyo dos dois emitiram um brilho quando de repente um holograma do rosto de Okoye foi projetado a partir das contas no descampado.

— Desculpe interrompê-lo, Vossa Majestade, mas adivinhe quem voltou a dar as caras? Ulysses Klaue reapareceu.

T'Challa sentiu um peso no estômago. Ulysses Klaue era um inimigo de Estado de Wakanda, uma ameaça perpétua que tinha como ambição roubar o *vibranium* de Wakanda e explorar o recurso natural inestimável para seus próprios ganhos. Onde quer que Klaue fosse, trazia consigo traumas e sofrimentos.

— Reúna todos na Sala do Conselho Tribal imediatamente. Estamos a caminho. — T'Challa virou-se para W'Kabi. — Terminamos essa conversa depois. Agora, imagino que teremos a primeira prova. Nós dois.

Os dois correram pelos campos em direção ao Palácio Real.

Pouco depois, Okoye estava diante de T'Challa, Ramonda, W'Kabi e dos anciões tribais, relatando sobre o roubo da picareta de *vibranium* do Museu da Grã-Bretanha, usando as imagens das câmeras de segurança das ruas e de dentro da exibição.

— Foi uma fuga perfeita, cronometrada. Klaue planejou tudo perfeitamente — ela concluiu.

— E, conhecendo-o, ele venderá a picareta para quem pagar mais — T'Challa disse, com gravidade na voz.

Okoye assentiu.

— Recebemos informações que ele já tem um comprador interessado. Na verdade, rastreamos a localização dele e onde a transação deve ocorrer: Busan, na Coreia do Sul. Há um centro de negociações do mercado ilegal lá.

— Então é lá que vou capturá-lo — T'Challa afirmou com naturalidade.

No mesmo instante, a sala irrompeu em protestos.

— Você acabou de ser coroado como rei — disse o ancião da Tribo Mineradora. — Seu lugar é aqui.

— Não acha que esse é um trabalho que cabe às Dora Milaje? — perguntou Ramonda num tom gentil.

Mas T'Challa não hesitaria.

— Klaue foi a única pessoa que teve sucesso em invadir Wakanda e roubar *vibranium*. Depois ele usou o que roubou para ajudar Ultron, que devastou Sokovia. A ação dele custou dezenas de vidas wakandanas devido à explosão que encobriu sua fuga.

T'Challa foi se exaltando enquanto falava, ainda que mantivesse seu tom de voz sob controle.

— Não conseguir capturar Klaue nos últimos trinta anos foi um dos poucos arrependimentos de meu pai.

Os anciões se entreolharam, todos em silêncio, admitindo que seu rei havia levantado pontos válidos e indiscutíveis.

— Wakanda precisa que seu rei *e* o Pantera Negra tragam Klaue à justiça — T'Challa olhou para W'Kabi buscando sua opinião.

— Rei T'Challa está certo — W'Kabi concordou. — Ele e uma pequena equipe das Dora Milaje são o time ideal para esta operação.

A sala murmurou em aceitação, não completamente satisfeita, mas entendendo a importância da tarefa.

— Eu gostaria de ao menos ir com você — W'Kabi disse a T'Challa, puxando-o de lado depois que a reunião acabou.

Okoye se juntou a eles.

— Acho que a princesa Shuri tem algumas coisas para nosso rei que podem ajudar e também tranquilizá-lo, W'Kabi. — Ela voltou-se para T'Challa. — Ela me pediu para levá-lo até o laboratório dela assim que a reunião acabasse.

PANTERA NEGRA

— Ela esperava que eu fosse na missão? — T'Challa perguntou.

— Sem sombra de dúvida. Na verdade, ela estava contando com isso — Okoye sorriu. Ela e T'Challa se despediram de W'Kabi, deixaram a Sala do Conselho Tribal e foram ao encontro de Shuri para pegar alguns apetrechos que garantiriam o sucesso de T'Challa contra Klaue.

CAPÍTULO 6

T'Challa seguiu para o Monte Bashenga, também conhecido como Grande Montanha. Era a maior fonte natural do *vibranium* de Wakanda. De um lado, havia um enorme penhasco, uma queda livre; do outro, havia colinas suaves. No topo, havia um laboratório impressionante que parecia ter sido construído da própria montanha, incorporando as jazidas de *vibranium* na própria arquitetura. Essa era a base do Grupo de Design de Wakanda.

Assim que entraram no local, T'Challa não pôde controlar a admiração ao olhar ao redor. Mesmo tendo visitado incontáveis vezes, ele nunca deixou de se maravilhar diante das criações e inovações tecnológicas que o grupo parecia fazer diariamente. Ao ouvir uma voz familiar dirigindo desenvolvedores e aprendizes do laboratório em diversas tarefas ao mesmo tempo, ele sorriu.

— Em que pé estamos com o escudo antigravitacional do Caça Garra Real? Certifique-se de que as melhorias das contas Kimoyo estejam seguindo conforme programado. Preciso ver as especificações para o novo trem flutuante; o comitê de planejamento da Cidade Dourada quer atualizações.

— No meio de todo aquele caos e energia, Shuri parecia em casa, confortável e no controle enquanto distribuía tarefas e dava instruções para os membros do laboratório.

Vestindo um jaleco, cabelos presos com várias canetas, a princesa-gênio-da-tecnologia sequer tirou os olhos da prancheta quando T'Challa entrou.

— Já enviei um carro blindado com *vibranium* para Busan. Vai estar lá quando vocês chegarem. Aqui — Ela ofereceu a T'Challa um disco de *vibranium*. — Isso vai permitir que eu controle remotamente qualquer coisa à qual você grudar o disco. Use isso caso se separem e precisem de outro carro. Presumo que Okoye vai com você?

T'Challa assentiu e limpou a garganta.

— E Nakia.

As sobrancelhas de Shuri deram um salto.

— Nakia?

— É uma missão para três — T'Challa retrucou, num tom mais defensivo do que pretendia.

Shuri sorriu intencionalmente.

— Você quem sabe, irmão.

Decidindo não o pressionar mais, ela indicou com o queixo uma mesa. Estava coberta com uma camada de areia preta que parecia mais um líquido conforme se movia em ondas pela superfície. T'Challa reconheceu — eram *nanites* de *vibranium*.

— Você está realmente preparada, irmã — T'Challa disse, admirado. — E, sim, eu recrutarei Nakia para ir conosco. Ela *quer* voltar a campo, de qualquer forma. E sei o quanto você gosta de exibir seus talentos. — T'Challa piscou para a irmã.

— Por favor — Shuri zombou. — Isso não é nada. Espere até ver o que eu fiz com seu traje de Pantera Negra.

T'Challa parou subitamente.

— Meu traje?

— O próprio — Shuri respondeu enquanto se aproximava de dois manequins posicionados lado a lado. Um deles estava com o uniforme tradicional do Pantera Negra, o outro tinha apenas um colar em volta do pescoço adornado com um dente de pantera cerimonial.

— Espera um pouco. Eu gosto do meu traje — T'Challa protestou.

Shuri riu.

— Ah, claro. Ele é ótimo, desde que você consiga convencer os bandidos a não atirarem, enquanto você diz "Esperem aí, deixem eu colocar meu capacete primeiro, beleza?".

— Ok, o que é esse colar? — T'Challa perguntou, ignorando o sarcasmo da irmã.

— *Isso* é o seu traje. — Shuri deu um largo sorriso.

— Acho que tenho mais chances com um capacete — T'Challa retrucou, seco.

— Irmão, você vai engolir suas palavras. — Shuri estava quase dando pulinhos de tanto entusiasmo. — Ok, agora olhe para o colar e ative-o.

— Ativá-lo? Como? — T'Challa estava acostumado com o cérebro da irmã funcionando mais rápido que a boca dela, mas estava começando a ficar frustrado.

— Com a sua mente! Pense no traje completo — ela o instruiu.

T'Challa lançou um olhar desconfiado à irmã antes de direcionar a atenção ao manequim com o colar. Ele o imaginou com o traje completo. De repente, milhões de *nanites* de *vibranium* saíram do traje e envolveram o manequim. Rapidamente, formaram uma nova e lustrosa armadura do Pantera Negra, cobrindo o manequim dos pés à cabeça.

Shuri sorriu com orgulho.

— Você ainda nem viu a melhor parte! — Ela virou-se para T'Challa e o fez se aproximar do novo traje. — Chute.

Sem hesitação, T'Challa deu um chute firme no peito do manequim, que voou até bater na parede. Levantando-o, Shuri apontou para onde o pé do irmão fez contato. A área emitia um leve brilho azul.

— Os *nanites* absorvem energia cinética e a armazenam para redistribuí-la. Agora, bata de novo. — Ela pegou uma câmera de bolso e começou a filmar.

T'Challa deu outro chute rápido no mesmo lugar. Um pequeno lampejo de energia descarregou e o rei de Wakanda foi lançado para trás. O manequim permaneceu exatamente no mesmo lugar.

— Incrível, não?! — Shuri riu divertida enquanto filmava T'Challa se levantando.

— Apague isso — ele disse, sem brincar.

— É assim que você agradece sua brilhante irmã? Agora, vista o traje… ou o colar, tanto faz. Você tem um criminoso para capturar. Vou mostrar o vídeo para nossa mãe.

Shuri ainda estava rindo enquanto guardava suas coisas.

T'Challa olhou para o traje, imaginou como um colar novamente, e os *nanites* se recolheram. Em um instante, estavam novamente na forma do colar com dente de pantera. Ele o tirou do manequim e colocou no pescoço.

— Você é boa — ele disse, admirado.

— Vamos ver o quão bom realmente é quando você tiver em ação — Shuri respondeu. — Vamos, irmão. Tenho mais coisas para lhe mostrar antes de você ir. — Os dois se viraram e saíram do laboratório.

CAPÍTULO 7

O Mercado de Peixes Jagalchi, em Busan, na Coreia do Sul, era tão movimentado e barulhento à noite quanto durante o dia. Vendedores ainda estavam a postos em suas barracas, vendendo o pescado do dia. As pessoas enchiam as ruas enquanto passavam pelos corredores apertados entre tendas e prédios.

Okoye estacionou ao lado de um prédio o carro que Shuri providenciou para eles. Ela saiu, puxando a peruca que cobria sua cabeça tatuada.

— Podemos resolver isso rápido para que eu possa tirar essa desgraça da cabeça e nunca mais colocar?

Nakia e T'Challa desceram do carro.

— Essa é uma das razões pelas quais concordei em vir com vocês: para ajudar a resolver isso rápido — Nakia disse enquanto caminhava em direção a uma senhora idosa que vendia peixe. As duas trocaram cumprimentos em coreano enquanto Nakia indicava Okoye e T'Challa. O rei estava em um terno fino feito sob medida, usando o colar com dente de pantera, enquanto as duas mulheres trajavam belos vestidos de gala. Definitivamente pareciam deslocados no mercado de peixe.

— Até agora, nem sinal do Klaue — Okoye disse, olhando ao redor.

— E Nakia parece ter feito uma amiga — T'Challa observou com um sorriso quando Nakia voltou a eles depois da conversa com a senhora.

— Um contato. Esse é o lugar — ela reportou.

T'Challa pareceu impressionado.

— Ela é o seu contato?

— O que posso dizer? Conheço as pessoas certas. Agora, vamos entrar. — Ela indicou com a cabeça duas figuras parrudas fazendo a segurança da porta dos fundos do prédio próximo de onde haviam estacionado.

O trio andou até a porta, e o mais musculoso dos dois guardas estendeu um braço para impedi-los de seguir adiante.

— Armas — ele disse sem mais explicações.

T'Challa deu um olhar inquisitivo a Nakia, mas ela só assentiu de volta, em confirmação. T'Challa, Nakia e Okoye deixaram suas armas aos pés do segurança. Então foram conduzidos a um detector de metal para garantir que não estavam escondendo mais nenhuma arma. Por fim, foram escoltados pelos dois guardas até uma sala enorme repleta de sons e luzes. Havia pessoas por toda parte, todas vestidas com requinte.

E todas tinham uma coisa em mente: ganhar.

Eles haviam entrado em um cassino subterrâneo. O local estava muito agitado, com dois andares e um mezanino com visão completa do andar de baixo, onde os jogos aconteciam. Havia áreas com sofás em alcovas laterais. Viam-se todos os tipos de jogos de azar imagináveis; o local estava cheio de apostadores ricos jogando por grandes montantes.

— Klaue com certeza não escolheu esse lugar para ter uma negociação discreta. Não tem como dizer onde ele está — Okoye disse, andando pelo salão.

Nakia indicou o guichê do caixa.

— Vamos trocar nosso dinheiro por alguns *wons* e nos juntarmos às mesas... Não tem nada mais suspeito em um cassino que três pessoas circulando sem apostar.

Eles trocaram algumas notas por dinheiro coreano e se separaram, ocupando posições estratégicas pelo salão.

— Nenhum sinal de Klaue e seus homens — Okoye disse pelo comunicador. Nakia ajustou o fone e olhou ao redor.

— Não, mas temos companhia. Localizei três... não, cinco estadunidenses — ela disse. — Pelo visto, podem ser nossos compradores.

T'Challa viu de relance um dos homens a quem Nakia se referiu em uma mesa de vinte-e-um. T'Challa franziu as sobrancelhas.

— São eles. E não são estadunidenses comuns — ele disse, e seguiu caminho até a mesma mesa.

Sentando-se ao lado do homem, T'Challa colocou sua aposta na mesa enquanto a crupiê embaralhava cartas novas. T'Challa olhou o homem de soslaio e disse casualmente:

— Então, agente especial Everett Ross, me diga, o que a CIA está fazendo em um cassino ilegal na Coreia do Sul?

O agente Ross se sobressaltou, mas se recompôs rapidamente, olhando para T'Challa pelo canto do olho.

— Imagino que estamos aqui pela mesma razão que o rei de Wakanda está — ele respondeu, com a mesma indiferença que havia na voz de T'Challa. — As mesas daqui são boas.

Ambos mantinham suas vozes baixas para não chamar a atenção.

— Ficarão ainda mais lucrativas quando certo vilão chegar, trazendo propriedade de Wakanda — T'Challa respondeu.

— Ah, onde estão meus modos? Creio que devo parabenizá-lo. A coroa lhe caiu bem? — perguntou Ross.

— Não disfarce, Ross. Vou levar Klaue comigo. Ele é um homem altamente procurado na terra de onde venho. — A expressão de T'Challa não dava espaço para argumentos.

Ross indicou a mesa com um aceno de cabeça.

— Vinte e um. Você está com sorte ultimamente. Mas esta noite você só sairá vitorioso nas mesas de aposta, T'Challa. O que eu faço ou deixo de fazer aqui em nome do governo dos Estados Unidos não é da sua conta. Seja o que for que você tenha vindo fazer aqui, me faça um favor e espere até que *eu* resolva o que preciso.

T'Challa o fitou com cara de poucos amigos.

— Eu entreguei Zemo a você.

— E eu mantive em segredo que o rei de um país de terceiro mundo corre por aí em uma fantasia de gato à prova de balas. Estamos quites. — Ross se virou para a funcionária do cassino. — Acho que meu amigo só vai deixar rolar, então continue dando as cartas.

T'Challa aproximou ainda mais de Ross e disse, quase rosnando:

— Não se engane, Klaue vai embora comigo. Você foi avisado.

Com isso, T'Challa levantou-se da mesa e seguiu para um dos espaços com sofás.

A funcionária entregou outra carta ao rei que se afastava.

— Eu vou cuidar disso para meu amigo sortudo — Ross disse a ela com um sorriso. Virando-se, ele falou pelo comunicador em sua manga. — Ross para todos os agentes, o rei de Wakanda está aqui. Não o deixem sair com o alvo. Entendido?

Os cinco agentes confirmaram via rádio que haviam entendido a instrução, enquanto Everett Ross mantinha contato visual com T'Challa do outro lado do salão; T'Challa ainda o encarava com um olhar frio. Ross ergueu sua bebida, assentiu para o rei e tomou um gole grande do líquido âmbar. Ambos sabiam que a noite havia acabado de ficar um pouco mais complicada.

— Vi que fez um novo amigo — disse Okoye pelo comunicador.

— E deixou para trás uma fortuna — Nakia entrou na conversa.

— Os estadunidenses são da CIA. — T'Challa deu um pequeno gole numa bebida na área de convivência enquanto observava Ross se levantar e ir para outra mesa, levando os ganhos de T'Challa com ele.

— Ficamos sabendo — disse Nakia.

— Isso vai ser um problema? — perguntou Okoye.

T'Challa se levantou.

— Desde que Ross seja sensato e saiba se pôr no seu lugar, nós sairemos daqui com o que viemos buscar. — A voz dele estava dura e fria. Ele começou a andar até Ross, esperando alcançar o agente antes que ele sentasse em outra mesa.

— Nós já não tivemos essa conversa, Vossa Majestade? — Ross perguntou quando T'Challa bloqueou o caminho dele. — A não ser que queira seu dinheiro. Sem problemas — ele disse, dando tapinhas em uma maleta. — Eu trouxe o meu próprio. Mas eu não acho que você estava planejando comprar o item em questão, ou estava?

T'Challa empurrou a mão do agente cheia de dinheiro coreano para longe.

— Nenhum dinheiro deveria comprar a liberdade para um terrorista.

Ross suspirou.

— Você acha que eu ligo para o *vibranium*? Eu não traria três dos meus melhores homens se eu só quisesse fazer compras.

— Cinco dos seus homens — T'Challa o corrigiu.

O agente Ross ergueu uma sobrancelha.

— Você já identificou todos? Estou impressionado. Mas eu não esperaria menos do Pantera Negra.

— Estou preparado para levar Klaue, custe o que custar — T'Challa afirmou.

— Então somos dois. Mas se a fantasia de gato aparecer de novo, terei que levar vocês dois. Não me force a fazer algo de que nós dois lamentaríamos — Ross retrucou.

— Se entrar no meu caminho, você *vai* se arrepender, Ross. — T'Challa encarou o homem.

— Nós não vamos jogar "pedra, papel, pantera" pela custódia de Klaue, então diga para suas duas belas guarda-costas para que elas fiquem fora disso também. — Ross sorriu diante do olhar de surpresa de T'Challa. — É, eu também identifiquei seu grupo.

T'Challa cruzou os braços.

— Não seja meu inimigo esta noite, Ross. Klaue é a pior ameaça que Wakanda já teve. Eu tenho a chance de acabar com isso hoje. Não vou deixá-lo escapar.

A voz de Nakia entrou pelo comunicador de T'Challa.

— Vocês podem fazer uma trégua ou algo do tipo? Estão começando a chamar a atenção.

— O governo dos Estados Unidos ouviu sua requisição e respeitosamente declina, rei T'Challa. — Ross deu um sorriso forçado para T'Challa. — Mas não acho que você vai deixar que isso o impeça, então... que vença o melhor.

CAPÍTULO 8

Enquanto isso, do lado de fora do cassino, quatro SUVs com blindagem pesada entraram no prédio. Ulysses Klaue e oito homens que faziam a segurança dele saíram dos veículos. Eles passaram pelo guarda coreano e entraram no prédio.

A entrada repentina de uma comitiva tão grande logo chamou a atenção de Okoye, que viu Klaue e seus homens atravessarem o cassino e assumirem suas posições.

— Klaue e mais oito — ela disse pelo comunicador e rapidamente seguiu até o mezanino do andar de cima. A visão superior lhe permitia observar diversos dos homens simultaneamente.

— Ele está aqui. Saia daqui — Ross disse a T'Challa.

— Nós estaremos equiparáveis se nos juntarmos contra ele — T'Challa retrucou.

— Você não vai pegá-lo tão fácil assim. Meus homens darão conta. Agora vá, antes que estrague toda a operação.

Ross rapidamente sentou-se a uma mesa de pôquer próxima e olhou ao redor. T'Challa havia desaparecido. Ross estava impressionado e, se fosse para ser honesto, até surpreso.

— Consegue ver o *vibranium*, Okoye? — T'Challa perguntou, enquanto seguia para uma mesa de dados da qual conseguiria observar Ross.

— Negativo, Vossa Majestade. Mas os homens dele estão se espalhando pelo cassino — ela disse.

— É, e bem armados — Nakia pontuou. — Eles não estão nem se preocupando em esconder suas armas. Achei que armas eram proibidas aqui dentro.

Okoye deu um tapinha na lança curta presa em sua coxa.

— Eles não são os únicos armados.

T'Challa levou a mão ao colar.

— De fato.

No salão, Klaue sentou-se próximo ao agente Ross na mesa de pôquer.

— Quanta gente — disse o agente Ross. — Está lançando um álbum novo?

— Sim, vou me certificar que você receba uma cópia. Um brinde pela compra de hoje — Klaue respondeu sem hesitar. — Trouxe os diamantes?

Ross pegou a maleta.

— Conforme combinamos.

Klaue enfiou a mão dentro da jaqueta, tirou um saco de papel pardo e o colocou sobre a mesa. A palavra "Frágil" havia sido escrita com uma caneta preta.

— Procurei por todas as lojinhas de presentes, mas não achei uma embalagem que dissesse "contém metal raro e inestimável". Espero que não se importe.

— Desde que contenha o que você prometeu — Ross respondeu. — É a intenção que conta.

— T'Challa... — A voz de Nakia estava tensa.

— Estou vendo. — T'Challa se aproximou da mesa.

— Não aconselho agir agora — Okoye disse no comunicador. — Tem muitas armas nesse lugar apertado. Acho que temos que esperar a CIA agir e pegamos Klaue do lado de fora.

T'Challa balançou a cabeça.

— Não. Arriscaríamos perder Klaue e o *vibranium* se agirmos depois que ele entregar a picareta.

— Qual seu plano, então? — Nakia perguntou. Eles estavam ficando sem tempo.

Okoye desviou agilmente quando um dos homens de Klaue passou esbarrando nela. Ela abaixou a cabeça, mas sabia que havia sido identificada. O homem parou e se virou para segui-la e fez um gesto para um de seus companheiros, que começaram a cercar a guerreira.

— Receio que estamos ficando sem opção — Okoye avisou.

Como se fosse uma deixa, o guarda que a seguia disse no próprio comunicador.

— Wakandanos! Estão aqui!

— Pelo menos eu posso tirar isso — Okoye murmurou enquanto arrancava a peruca e puxava sua lança. Em um movimento rápido, ela desviou de um soco dado pelo segurança robusto e, aproveitando a abertura, o jogou por cima da mureta do mezanino.

O homem saiu voando e caiu em cima de uma mesa perto de Klaue e do agente Ross.

— *Tsc, tsc...* — Klaue sacudiu o dedo indicador para Ross. — Você quebrou as regras. Sem intrusos.

— Ah, acredite, eles não estão comigo — Ross respondeu.

Um rugido os interrompeu.

— Klaue — T'Challa trovejou enquanto corria em direção a Klaue e à picareta de *vibranium* atravessando a multidão em pânico.

— Que divertido. Eles mandaram seu rei. Sinto muito pelo seu pai. Espero que Wakanda tenha outro rei preparado para substituir você — Klaue disse a T'Challa enquanto guardava o saco de papel pardo. Virando-se para Ross, olhou para ele, repreendendo-o. — Aliás, acordo desfeito.

T'Challa seguiu desviando das pessoas e saltando sobre as mesas, correndo para alcançar Klaue, mas o homem fugiu antes que T'Challa pudesse chegar até ele. Ross parecia furioso.

— Eu avisei que você atrapalharia essa missão — ele fumegou.

T'Challa não respondeu. Em vez disso, derrubou o homem no chão logo antes de Klaue abrir fogo contra eles. O rei se abaixou para se proteger.

Ross observou o caos que tinha eclodido pelo salão e no mezanino. Aparentemente, seus homens também foram identificados pelos seguranças de Klaue e estavam em combate.

— Saiba que isso tudo é sua culpa — Ross acusou T'Challa.

— Esse demônio não pode escapar — T'Challa respondeu, vendo Nakia e Okoye enfrentando os homens de Klaue também.

O terrorista estava parado no meio da histeria generalizada, sorrindo. Ele estava realmente gostando daquilo.

Erguendo os braços, Klaue gritou para seus homens:

— Fogo!

T'Challa agarrou Ross e o empurrou para detrás da mesa de pôquer e a virou para usá-la como escudo entre eles e Klaue no último segundo. Klaue virou-se para eles abriu fogo. As balas ricocheteavam na mesa.

— Não consigo atirar daqui — gritou Ross, com a arma em mãos.

T'Challa observou a sala. Tiros eram disparados para todos os lados, enquanto frequentadores inocentes tentavam se proteger de alguma forma ou fugir do salão. Ele sabia que Ross estava certo: estavam em desvantagem e sem saída.

Pior: parecia que Klaue escaparia por entre seus dedos, como já havia escapado de T'Chaka.

CAPÍTULO 9

— Homem ferido! Homem ferido!

A voz do oficial da cia saiu craquelada no comunicador de Ross. Os seguranças de Klaue estavam trucidando os homens de Ross, derrubando um a um.

— Estou quase sem reforços. Como está sua equipe? — Ross perguntou a T'Challa, ambos ainda ilhados atrás da mesa de pôquer enquanto Klaue continuava a atirar.

Olhando para o mezanino, T'Challa pôde ver suas companheiras de maior confiança honrando suas reputações, resistindo aos homens de Klaue com valentia.

— Elas vão compensar pelas perdas do seu lado — ele disse, confiante.

Lá em cima, Nakia travava um combate corpo a corpo com um dos homens de Klaue.

— Podemos acabar com essa festa antes que algum inocente se machuque? — ela falou para T'Challa e Okoye pelo comunicador.

— Estou fazendo o melhor que posso — Okoye respondeu, atingindo um dos bandidos na perna com a lança e, então, acertando um golpe na cabeça dele, nocauteando-o. — Precisa de uma ajuda?

— Acho que o rei precisa — Nakia respondeu, olhando para baixo para ver T'Challa encurralado.

T'Challa fez um sinal as dispensando.

— Cuidem dos seguranças. Deixe Klaue comigo. — Ele se virou para Ross. — Quando eu disser "vai", role para lá e tente derrubar alguns dos homens de Klaue.

— O que você vai fazer? — Ross perguntou.

T'Challa, sentindo uma abertura, respondeu empurrando Ross para o lado e gritando "Vai!". Enquanto o agente Ross rolava para um lado, T'Challa deu um pulo alto, por cima da mesa, investindo em direção a Klaue.

Klaue disparou, mas não acertou o rei de Wakanda no ar, que então aterrissou diante dele. Ele apontou a arma em direção a T'Challa, a um passo de distância.

— Reis são prova de bala agora? — Ele zombou.

Klaue puxou o gatilho… e nada aconteceu. Ele estava sem munição.

— Você precisaria ter balas para tirar a prova, bandido — T'Challa deu um passo em direção a Klaue e com um golpe desarmou o vilão.

Klaue sorriu.

— Mãos ao alto?

— Se quiser facilitar, sim — T'Challa rosnou.

O herói uniformizado conhecido como Pantera Negra está à espreita. Perigosos contrabandistas atravessam a selva, na esperança de que sua atividade passe despercebida na calada da noite. O Pantera Negra não permitirá que isso aconteça.

Com a ajuda de dispositivos de tecnologia ultra-avançada e um traje feito com o raro e impenetrável *vibranium*, o Pantera Negra está apto a derrotar os criminosos sem nenhuma baixa. Ele remove seu temível capacete para revelar que é T'Challa, o futuro rei de Wakanda.

Depois de convencer sua amiga de infância Nakia a se juntar a ele, T'Challa embarca em sua nave futurística rumo à nação autoisolada, mas de tecnologia extremamente avançada, que ele está destinado a governar como rei-guerreiro.

Ao chegar em casa com segurança, T'Challa cumprimenta sua mãe, a rainha Ramonda. Desde a morte do pai de T'Challa, T'Chaka, e a batalha do príncipe com os Vingadores, Ramonda tem estado preocupada com seu filho — mas também está orgulhosa do homem que ele se tornou.

Seguindo a tradição, T'Challa deve provar seu direito ao trono em uma cerimônia formal na qual deverá superar, em combate, qualquer desafiante pelo trono.

A maioria dos clãs de Wakanda estão satisfeitos com o reinado da família do Pantera Negra, e concedem o trono. Porém, M'Baku, líder dos Jabari, clã das montanhas, não está. Ele desafia T'Challa.

T'Challa se prepara para enfrentar o guerreiro bem maior e mais forte que ele, sem o traje, a superforça e supervelocidade que o Pantera Negra lhe oferece.

O alto xamã Zuri, grande amigo de T'Challa, assiste à luta se desenrolar. Ele é uma fonte de conhecimento sobre Wakanda e suas tradições.

Nakia e as Dora Milaje, Okoye e Ayo, também assistem aos dois guerreiros ansiosamente. As Dora Milaje são a guarda real de Wakanda e estão entre as melhores guerreiras do mundo.

Depois de uma luta brutal, T'Challa é o vencedor! Ele se prepara física e espiritualmente para assumir o trono como rei de Wakanda e protetor de sua nação — o Pantera Negra.

Contudo, a paz que a vitória dele traz a Wakanda dura pouco. O terrorista e bandido internacional Ulysses Klaue ressurgiu e planeja roubar o precioso *vibranium* de Wakanda.

Este é um ataque que T'Challa encara com seriedade. Ele reúne suas guerreiras mais confiáveis e se prepara para interceptar Klaue em um cassino ilegal em Busan, na Coreia do Sul.

Claro, nada é fácil para um rei-guerreiro. Logo, o Pantera Negra entra em ação, em uma perseguição pela cidade para levar Klaue à justiça. Ele não tem certeza do que Klaue planejou, mas sabe que é seu dever impedi-lo.

— Ah, você entendeu errado — Klaue retrucou. — Eu quis dizer você.

Bem diante dos olhos de T'Challa, a mão protética de Klaue começou a se transformar em uma arma que lembrava uma bazuca.

— Vamos ver se você *explode* que nem seu papai — Klaue disse, e um olhar maligno tomou sua face quando o disruptor sônico no qual sua mão havia se transformado começou a zumbir, preparando para disparar.

T'Challa conseguiu saltar para trás da mesa de pôquer um momento antes do disruptor sônico de Klaue disparar em sua direção, fazendo um estrondo. A explosão destruiu a mesa e arremessou T'Challa até o caixa, deixando-o atordoado e preso sob escombros. Os olhos dele se fecharam enquanto cédulas de dinheiro voavam por todo lado.

— Olha só! Eu fiz chover dinheiro — Klaue gritou. Ele se virou e fez um sinal para seus quatro homens restantes. Eles correram pela porta, enquanto atiravam para trás como cobertura.

Nakia e Okoye viram seu rei caído, coberto por uma pilha de madeira e metal. Agente Ross já estava correndo em direção a T'Challa e gesticulando para que as mulheres seguissem Klaue.

— Eu cuido dele... não deixem Klaue escapar — gritou Ross.

As duas mulheres correram para a saída pela qual Klaue e seus homens haviam acabado de fugir. Elas correram pelo corredor, ouvindo som de tiros e pessoas gritando à frente. Ao alcançarem a porta que dava para o beco, elas viram os quatro SUVs se afastando, passando pelo meio do mercado de peixes.

Enquanto Okoye e Nakia corriam para o carro, Nakia arremessou uma conta Kimoyo remota no capô do carro que estava atrás do delas antes de se sentar no banco do motorista.

— Todo seu, Shuri! — ela disse no comunicador enquanto ela e Okoye saíam em disparada.

— Estou pronta. — A voz de Shuri soou firme como aço no ouvido de Nakia. Enquanto a princesa direcionava toda sua atenção à mesa de areia preta em seu laboratório. — Também estou de olho nos quatro veículos que acabaram de sair daí. Vou transmitir para a tela do seu carro.

No cassino, o agente Ross se esforçava para tirar uma barra pesada de metal de cima de T'Challa. De repente, os olhos do rei de Wakanda se abriram.

— Que bom que ainda está conosco — disse Ross. — Não acho que Wakanda esteja pronta para sepultar dois reis em menos de duas semanas.

— Klaue? — T'Challa perguntou, ainda um pouco zonzo.

— Suas amigas estão no encalço dele. Agora, precisamos tirar isso de cima de você e ver se não tem nenhum…

Ross foi interrompido pelo grunhido de T'Challa, seguido por um poderoso impulso que mandou a barra de metal para longe do rei.

— …ferimento — Ross completou fracamente.

T'Challa levantou-se num salto, completamente recuperado.

— Klaue não vai escapar das minhas garras de novo. Juro pela alma do meu pai.

O rei de Wakanda começou a tirar seu paletó esfarrapado e seguiu para a saída do cassino.

Enquanto isso, Nakia e Okoye perseguiam de perto os SUVs em alta velocidade.

— Você não consegue algum vídeo de um ângulo que mostre em qual carro Klaue está, consegue, Shuri? — Okoye pediu, navegando pelas filmagens, enquanto Nakia dirigia, derrapando pelas curvas fechadas das ruas estreitas da Coreia do Sul.

— Não. Desculpe. Cassinos clandestinos e ilegais preferem não ter muitas câmeras que pessoas como eu possam invadir — Shuri respondeu do laboratório.

— Parece que teremos que pegar um por um, então, e torcer para acertarmos — Nakia disse, acelerando ainda mais.

— E rei T'Challa? — Okoye perguntou.

Nakia sorriu.

— Tenho plena certeza que ele se juntará a nós em breve. Só espero que Busan esteja pronta para ver pela primeira vez um guerreiro trajado em ação.

CAPÍTULO 10

O Pantera Negra sabia que precisava ser rápido. Ele correu para fora do cassino, já com o traje ativado e pronto para a ação.

— Segundo carro à sua direita — disse uma voz em seu ouvido. Era Shuri. No laboratório, a mesa havia se transformado mais uma vez, formando um holograma do carro e dos arredores. — Entre e deixa o volante comigo.

O carro deu partida imediatamente, roncando o motor. O Pantera Negra saltou para o teto do veículo, logo fixando os pés sobre o carro, que acelerou em direção aos SUVs fugitivos.

— Estou alterando os semáforos, então pegaremos todos abertos — Shuri disse, digitando um código no tablet com uma das mãos enquanto ela "dirigia" o carro do Pantera Negra com a outra, com movimentos rápidos acima do holograma sobre a mesa. — Você deve alcançar Nakia e Okoye em breve.

— Encontre Klaue — o Pantera rosnou.

— Estou tentando, acredite. Não pode ficar impressionado por um segundo? — Shuri estava começando a sentir o estresse enquanto reclamava do irmão.

No outro carro, Nakia e Okoye alcançaram os SUVs, que costuravam os outros carros no trânsito e se embaralhavam entre si.

— É como se eles estivessem tentando fazer o truque dos copos — Nakia disse.

— Eles estão tentando nos confundir no caso de descobrirmos em qual deles Klaue e o *vibranium* estão — Okoye respondeu.

— Opa... — Nakia alertou. — Lá vem eles.

Um dos motoristas havia aberto a janela e disparou com uma metralhadora contra o carro delas. As balas ricochetearam na lataria do carro, sem causar nenhum dano.

O motorista da SUV que as atacava se virou para o homem no banco do passageiro: era Klaue.

— O carro delas deve ter blindagem de *vibranium*. Balas não vão fazer nenhum arranhão.

— Apenas siga para a zona de coleta — Klaue mandou. Ele pegou o rádio e falou: — Limbani, estamos a dez minutos do local. Qual o status?

De um helicóptero sobrevoando uma praia, Limbani respondeu:

— Estou na costa, em Haeundae. Pronto para o resgate na ponte.

O distrito de Haeundae em Busan era conhecido por suas ruas íngremes que levavam até a bela praia. Era uma das regiões mais ricas de Busan e um lugar popular entre os turistas para observar a lua cheia. Klaue esperava que, entre as ladeiras e os turistas, ele conseguiria despistar as mulheres que o perseguiam.

Quando o veículo entrou no distrito de Haeundae, Nakia pareou com o SUV, atirando contra elas. Okoye abriu a janela e se pendurou para fora, portando a lança em uma das mãos.

— Mais perto! — ela gritou para Nakia.

— Não se esqueça que *você* não é feita de *vibranium*. Cuidado com aquele atirador! — Nakia desviou para o outro lado do veículo, onde não ficariam na linha de fogo do motorista. Ela pisou fundo e se aproximou aos poucos.

— Quase lá... quase lá... — Okoye murmurava para si mesma. — Agora! — Com um movimento rápido, ela atirou sua lança contra o pneu traseiro do SUV. Ela acertou o eixo da roda e o quebrou, fazendo o SUV capotar diversas vezes.

Nakia manobrou o carro e freou próximo ao SUV caído de lado. Okoye saltou em cima do carro, olhou para dentro e soltou um grunhido de frustração.

— Só o motorista, inconsciente. Klaue não está aqui.

— O próximo, então! Entre, eles estão fugindo! — Nakia gritou.

De repente, as duas mulheres viram um carro passar em alta velocidade. Ficaram surpresas ao ver o Pantera Negra "surfando" no teto dele e ninguém no banco de motorista.

— Ele com certeza sabe como fazer uma entrada — Nakia disse. Okoye revirou os olhos.

O Pantera Negra acelerou rumo a um dos SUVs enquanto os veículos seguiam pelas ladeiras do distrito de Haeundae. O motorista do SUV se inclinou pela janela e abriu fogo contra o carro que se aproximava depressa.

— Seu traje, irmão. Estou obtendo leituras cinéticas altas conforme as balas o atingem — comentou Shuri de seu laboratório, observando o tablet.

— Apenas me coloque mais perto — respondeu o Pantera Negra.

— Você poderia pelo menos admitir que este traje é muito melhor do que o seu velho capacete — Shuri murmurou para si mesma enquanto acelerava remotamente o carro esportivo de T'Challa.

O veículo avançou ainda mais até ficar lado a lado com o SUV. Quando o motorista estava ao seu alcance, o Pantera Negra estendeu as garras suas luvas e, num golpe ágil, fatiou a arma. Ele espreitou dentro do carro.

— Nem sinal de Klaue — ele disse.

— Vamos dar uma olhadinha no carro em fuga número três, então — disse Shuri.

Usando o tablet, ela colocou o carro esportivo na velocidade máxima e o pilotou em direção ao próximo SUV. O carro da frente também acelerou e o do Pantera Negra acompanhou de perto, mas não conseguia emparelhar.

— Não consigo fazê-lo ir mais rápido que isso — Shuri informou ao irmão.

— Então vou ter que saltar. — O Pantera Negra se virou para o SUV. O carro dele estava perto o bastante para que ele tivesse certeza de que conseguiria fazer o salto. Com um grunhido, ele se lançou no ar e se agarrou à lateral do SUV. Escalou o veículo até alcançar a janela do passageiro e olhou. Klaue também não estava nesse.

— Descarte esse também — o Pantera Negra grunhiu no comunicador.

— Nakia, Okoye, isso significa que Klaue está bem à frente de vocês — Shuri reportou às duas mulheres.

Nakia pisou fundo.

— Ele é nosso!

O traje do Pantera Negra emitiu um brilho azul enquanto ele se agarrava à lateral do SUV. O motorista fazia ziguezagues tentando derrubá-lo, mas ele se segurou firme. Olhando para trás, viu que o motorista que havia atirado nele estava acelerando, tentando capotar o carro do Pantera Negra. Lembrando-se do que Shuri havia lhe dito sobre a tecnologia cinética do traje, T'Challa teve uma ideia.

O Pantera Negra saltou da lateral do SUV de volta para seu carro.

— Me coloque o mais próximo possível dele — ele pediu para Shuri. A princesa genial pilotou o carro remotamente até que estivesse a poucos centímetros do SUV do qual o Pantera Negra havia acabado de saltar. — Uma manobra brusca para a direita ao meu sinal, irmã — disse a ela.

— Que sinal? — Shuri perguntou, sem entender o que o seu irmão planejava. Ela não precisou esperar muito pela resposta.

O Pantera Negra levantou um punho e socou a lateral do SUV. Houve um estalo ruidoso e um enorme lampejo quando a energia cinética armazenada no seu traje foi transferida para a lateral do SUV, exatamente onde ele bateu. Enquanto o carro do Pantera Negra desviava para a direita, T'Challa abriu um pequeno sorriso. O SUV perdeu o controle e se chocou com outro veículo dos capangas de Klaue que se aproximava.

— Um soco que vale por dois! O que acha do traje *agora*? — Shuri perguntou, impressionada.

— Com certeza está pronto para o combate — o Pantera Negra respondeu. — Agora, me leve até Klaue.

Shuri conferiu o mapa virtual na sua mesa.

— Parece que estão indo para Ponte Gwangan... É, acabaram de virar para a rua que dá acesso à ponte. Nakia e Okoye estão se aproximando deles.

— O Pantera Negra não pode ficar com toda a diversão — disse Nakia pelo comunicador, diminuindo a distância delas da SUV de Klaue.

Dentro do veículo, Klaue sorria.
— Hora de dar um perdido nos nossos amigos enxeridos de Wakanda, não acha? — disse ele, virando-se para o motorista. Com isso, ele se inclinou para fora da janela do passageiro.

Okoye apontou.

— Atenção a Klaue. — Ela viu o inimigo começar a erguer sua mão protética. — Nakia!

O grito da Dora Milaje veio tarde demais. Klaue disparou um raio sônico de sua mão que atingiu o carro delas. A blindagem de *vibranium* absorveu o impacto, mas o carro começou a tremer. Parte por parte, foi se desmantelando no meio da rua. Okoye e Nakia rapidamente soltaram seus cintos de segurança e agarraram suas respectivas portas, que despencaram no chão. As guerreiras usaram as portas como pranchas de surfe e, quando pararam e desceram delas, observaram o SUV de Klaue que já estava longe.

— Está sozinho agora, meu rei — Okoye informou pelo comunicador quando o carro do Pantera Negra passou por elas, continuando a perseguição.

Shuri olhou para o mapa na mesa. Uma imagem nova havia acabado de aparecer perto da ponte Gwangan.

— Parece que eles têm apoio aéreo. — Shuri informou o irmão — Um helicóptero acabou de chegar na ponte. Aposto que é a rota de fuga deles.

— Não vai haver fuga — o Pantera Negra declarou conforme o carro se aproximava.

Nakia e Okoye sacudiram a poeira das roupas, enquanto o tráfego corria ao redor do seu carro desmantelado. De repente, um *sedan* parou perto delas, e a janela do lado do passageiro se abriu. O agente Ross estava ao volante.

— As senhoritas precisam de uma carona? — Ross perguntou, com um sorriso.

— Estamos no mesmo time agora? — Nakia perguntou, entrando no carro.

O rosto de Ross ficou severo.

— Apenas temo o que o seu rei vai fazer agora que está vestido de gato. Precisamos de Klaue vivo.

— Shuri pode nos guiar — Okoye disse.

— Quem? — Ross estava confuso.

— Aah, ele é tão fofo — a voz jovial de Shuri saiu pelo comunicador. — Só diga ao estadunidense para seguir rumo à ponte. Tenho meu próprio carro para dirigir.

Okoye olhou para Ross e indicou a própria orelha.

— Ah, só uma pulguinha atrás da minha orelha — ela disse, sorrindo. — Siga para a ponte.

Ross lançou a Okoye um olhar enigmático, mas pisou no acelerador e seguiu em direção à ponte Gwangan.

PANTERA NEGRA

OUCO MAIS DE UM QUILÔMETRO À FRENTE, O CARRO DO Pantera Negra alcançava o SUV de Klaue. A ponte estava cada vez mais próxima.

— Preciso que chegue mais perto — o Pantera Negra pediu.

— Estou fazendo o melhor que posso. Caramba, todo mundo precisa de alguma coisa — Shuri disse, voltando-se para sua mesa para tentar dar mais velocidade ao carro.

O carro do Pantera Negra se aproximava cada vez mais do veículo de Klaue. Ele viu o inimigo se inclinar pela janela do passageiro e estender o braço. Dessa vez, o Pantera Negra estava preparado.

— Pisa fundo, Shuri!

Do laboratório, Shuri apertou um botão e o carro acelerou ao máximo.

— Você vai bater nele? — ela perguntou.

— Não, mas estamos prestes a perder a carona — o Pantera Negra respondeu.

O carro estava a um palmo do SUV quando Klaue disparou seu raio sônico. Quando o carro esportivo explodiu, o Pantera Negra mergulhou em direção ao SUV, se segurando na traseira dele. Com as garras de fora, ele agarrou o pneu traseiro e o arrancou com um rangido agudo. Depois soltou o carro e saiu rolando pela rua.

O SUV derrapou e perdeu o controle. Então, bateu na calçada e começou a capotar diversas vezes até parar perto de uma cafeteria ao ar livre.

Klaue colocou metade do corpo para fora da janela e disparou novamente contra o Pantera Negra. Com um salto enorme, o Pantera desviou do tiro, e correu para chegar ao SUV antes que Klaue pudesse escapar.

Acima deles, um helicóptero sobrevoava, com Limbani pilotando.

— Devo atirar? — Limbani perguntou no rádio.

Klaue deu um risinho.

— Não. Deixa comigo. — Ele ergueu sua mão protética de novo em direção ao Pantera Negra. — Aqui, gatinho, gatinho. — O canhão sônico começou a girar enquanto recarregava e se energizava, se preparando para disparar.

O Pantera Negra se lançou sobre o SUV, tentando alcançar Klaue. No momento em que Klaue estava pronto para disparar, o Pantera Negra agarrou seu braço protético e o arrancou. Com a outra mão, ele puxou Klaue para fora da janela e o jogou no chão.

— Seus crimes ficaram sem punição por tempo demais. Meu pai o caçou por décadas; agora, eu vou terminar o que ele começou — rosnou o Pantera Negra enquanto se agachava sobre Klaue.

Então, atrás deles, um carro familiar derrapou enquanto freava. Nakia saiu do correndo do veículo.

— Pare! — ela gritou.

O Pantera Negra hesitou ao som da voz de sua amiga de longa data.

— Pense! É o que o seu pai iria querer? Você disse que Klaue deve pagar pelos crimes que cometeu. Ele não poderá fazer isso se estiver morto — continuou Nakia enquanto se aproximava do Pantera Negra e de Klaue.

O Pantera Negra olhou para o inimigo. Ele desprezava o homem, mas Nakia estava certa. Se cedesse aos seus impulsos naquele momento, Klaue nunca teria a devida punição por toda dor e sofrimento que causou.

— Sangue por sangue não é o nosso caminho — ele disse para si mesmo.

— Foi o que eu pensei. Você não tem coragem para fazer o que é preciso. — Klaue riu do Pantera Negra.

Com um movimento fluido, o Pantera Negra recolheu as garras e fechou a mão em um punho.

— Pelo meu pai! — ele gritou e acertou um cruzado que nocauteou sua nêmesis.

Nos céus, Limbani manobrou o helicóptero e saiu de cena, voando em direção ao porto de Haeundae ao ver que a luta estava perdida, por enquanto.

O Pantera Negra colocou Klaue inconsciente sobre os ombros e seguiu em direção a Nakia, Okoye e Ross. Nakia sorriu e Okoye abaixou sua cabeça em uma breve reverência ao rei.

— Você pode interrogá-lo, mas eu quero estar presente — disse o Pantera Negra ao agente Ross. — Depois, ele vem conosco para Wakanda. E eu fico com o *vibranium*.

Ele tirou o saco de papel da jaqueta de Klaue. Ross deu um risinho.

— Detalhes para serem discutidos depois. O mais importante é que você o pegou.

T'Challa deu um breve sorriso em resposta e pensou no pai e em por quanto tempo Klaue conseguiu escapar das mãos de T'Chaka.

— Sim, eu o peguei.

Por você, Baba, pensou.

Enquanto T'Challa depositava Klaue, desfalecido, no *sedan*, ele observou Nakia de soslaio, que ainda sorria, orgulhosa. Então, percebeu que essa missão havia sido mais do que apenas perseguir e capturar um inimigo. T'Challa fizera uma promessa aos anciões, sua primeira como rei, de que capturaria Klaue, e a cumpriu. Ele olhou para o céu e imaginou o espírito do pai observando-o, também sorrindo. Pela primeira vez desde que fora declarado rei de Wakanda na Arena do Desafio, T'Challa se sentia confiante de que era capaz de liderar. T'Challa finalmente sentia que era merecedor do título de rei.

MARVEL

PANTERA
NEGRA

CONSEQUÊNCIAS

STEVE BEHLING

PRÓLOGO

Vingança.
Vingança por seu pai.

Era isso que ocupava a mente do Pantera Negra enquanto esmagava a neve sob suas botas. Ele removeu o intimidador capacete que usava como parte do uniforme, colocou-o no chão e inspirou fundo o ar puro e gelado da Sibéria. Diante dele, sentado à beira de um penhasco rochoso, estava um homem quieto e de aparência modesta. O homem não se moveu. Ele parecia não notar o frio, assim como parecia não ter notado o Pantera Negra.

Todos os instintos de T'Challa gritavam dizendo que deveria odiar este homem. Ainda assim, por alguma razão que não era capaz nem de começar a entender, ele não conseguia sentir ódio.

— Quase matei o homem errado — T'Challa disse devagar e com firmeza.

O homem errado era Bucky Barnes, o Soldado Invernal. Décadas antes, Barnes havia lutado o bom combate, enfrentando as forças da Hidra na Segunda Guerra Mundial. Ele lutou contra o inimigo com valentia, ao lado de seu melhor amigo, Steve Rogers, o Capitão América. Bucky fora dado como morto nos últimos dias daquela guerra. Fazia pouco tempo que Steve descobrira que, pelo contrário, na verdade, Barnes sobrevivera, mas havia passado por algum tipo de lavagem cerebral, que o transformara em um assassino letal.

T'Challa acreditara que Barnes havia sido o responsável pela morte de seu pai, T'Chaka.

Mas agora havia descoberto a verdade.

O homem responsável estava sentado diante dele, olhando para o penhasco à sua frente. Ele não se sobressaltou ao ouvir a voz de T'Challa. Era como se estivesse esperando-o.

— Não significa que ele seja inocente — disse o homem. Ele não se virou para falar com T'Challa. Em vez disso, apenas permaneceu ali, observando a paisagem.

Ao ouvir a voz do homem, T'Challa pensou no pai. Ele era um bom homem: o rei de Wakanda, uma nação africana quase completamente escondida que estava dando seus primeiros passos no cenário internacional quando as Nações Unidas a convidou para assinar o Tratado de Sokovia. O tratado estabelecia controles internacionais sobre as ações dos Vingadores, decidindo onde e quando eles deveriam intervir. O objetivo era simples: evitar que tragédias como a que ocorrera em Sokovia voltassem a acontecer.

— Isso era tudo o que você queria? — T'Challa perguntou, se aproximando cada vez mais do homem. — Vê-los se destruindo?

Ele se referia aos Vingadores. Especificamente, ao Capitão América e ao Homem de Ferro. Steve Rogers e Tony Stark.

O homem no penhasco era Helmut Zemo. Ele havia manipulado os Vingadores para que se enfrentassem, jogando amigos e aliados uns contra os outros. Fora ele quem conduzira o Soldado Invernal, o Capitão América e o Homem de Ferro àquele local remoto no meio da Sibéria. Ele havia orquestrado uma luta feroz entre os heróis. Ele esperava que eles se destruíssem mutuamente.

Mas por quê? Para quê? T'Challa lutou contra a própria surpresa quando descobriu que precisava de respostas para essas perguntas.

Ele acompanhara o pai até Viena, onde a conferência acontecia. Foi lá que Zemo pôs em marcha seu plano para colocar Vingador contra Vingador. Lá, o projeto de vingança e retaliação de Zemo começou a se desenrolar. Ele explodiu uma bomba na reunião e fez parecer que Barnes era o terrorista por trás daquilo.

A explosão fez suas vítimas, claro.

Vítimas como o pai de T'Challa, o rei T'Chaka.

Por isso T'Challa havia seguido o Capitão até um local remoto na Sibéria.

Por vingança.

Para confrontar Zemo. Para se vingar em nome do pai.

— Meu pai morava fora da cidade — Zemo disse devagar. Ele não olhava para T'Challa, que se aproximava. — Pensei que ele estaria seguro lá.

"Lá" era Sokovia. Mais precisamente, nos arredores da capital daquele país. O lugar que se tornou o marco zero quando os Vingadores travaram a batalha final contra Ultron, a inteligência artificial criada por Tony Stark e Bruce Banner, a qual havia saído do controle e decidido que o único modo de proteger a humanidade era destruí-la por completo.

Ultron tentou usar *vibranium* roubado da terra natal de T'Challa, Wakanda, para erguer uma parte da capital até os céus e depois atirá-la contra a superfície terrestre, causando um evento de extinção em massa.

Os Vingadores lutaram para salvar os cidadãos de Sokovia e, por consequência, o mundo. Enquanto a massa de terra caía, Stark e o deus asgardiano, Thor, usaram seus poderes para despedaçá-la. O mundo foi poupado do destino planejado por Ultron, mas a um custo terrível.

Vidas humanas.

Mesmo tendo salvo o mundo, os Vingadores não conseguiram salvar todos em Sokovia. Parecia que uma pessoa — ou algumas — próxima de Zemo estava entre essas perdas.

— Meu filho estava empolgado — disse Zemo, com um sorriso fraco atravessando seu o rosto. — Ele podia ver o Homem de Ferro pela janela do carro.

Na mão direita, Zemo segurava uma pistola carregada. Ele balançou a cabeça.

— Disse para minha esposa: "Não se preocupe. Eles estão lutando na cidade. Estamos a quilômetros do perigo".

T'Challa parou ao lado de Zemo, digerindo cada palavra do homem. Uma parte de si dizia: *Vingue-se. Ele é seu.* Mas a voz de Zemo, de alguma forma, falava mais alto.

— Quando a poeira baixou — disse Zemo, com um tom frágil — e a gritaria parou, demorei dois dias para achar os corpos. Meu pai... ele ainda estava abraçado com minha esposa e meu filho.

Zemo balançou a cabeça de novo e sua voz falhou devido à emoção.

— E os Vingadores? Eles foram para casa.

T'Challa olhou para Zemo com um misto de ódio e... algo além. Ele não conseguia dizer o que sentia por esse homem que havia matado seu pai. Tudo o que sabia era que a voz interior que clamava por vingança estava cada vez mais fraca.

— Eu sabia que não poderia matá-los — continuou Zemo, com a voz ficando cada vez mais potente, mais estridente. — Homens mais poderosos que eu já haviam tentado. Mas… se eu pudesse fazer com que eles se matassem… — a voz dele se esvaiu.

E ali estava.

A vingança.

A única motivação por trás do plano de Zemo. Ele culpava os Vingadores pela morte de sua amada família. A vingança dele? Fazer com que os Vingadores destruíssem uns aos outros, ou então, a si mesmos.

T'Challa chegou mais perto, com os olhos fixos no homem que havia perseguido de Viena até a Sibéria, e na arma que Zemo segurava com firmeza.

— Sinto muito pelo seu pai — disse Zemo. Ele soou sincero. Até mesmo arrependido. — Ele parecia ser um bom homem.

Pela primeira vez, o homem triste que tinha uma pistola na mão direita olhou para T'Challa por cima do ombro, e então, voltou-se para observar o penhasco. — Com um filho devotado.

T'Challa havia sido consumido pela necessidade de vingança. Fora corroído. Mas agora, vendo Zemo, ouvindo a história dele, T'Chala podia finalmente identificar a emoção que o dominava.

Era pena.

— A vingança o consumiu — ele disse baixinho. — Também os está consumindo. — T'Challa referia-se ao Capitão e ao Homem de Ferro. — Estou farto de deixá-la me consumir.

Zemo encarava o penhasco. Se tinha ouvido o que T'Challa dissera, não demonstrou.

— A justiça virá a seu tempo — disse T'Challa.

A resposta de Zemo foi um sorriso amargo.

— Diga isso aos mortos — ele disse. Então ergueu a arma, mirando contra a própria cabeça.

Contudo T'Challa segurou a mão de Zemo, puxando-o para afastá-lo do penhasco.

— Você ainda tem débitos com os vivos — ele disse.

T'Challa percebeu que poderia estar falando consigo mesmo.

CAPÍTULO 1

Mais tarde, naquele dia. Bem mais tarde.

O voo de volta, a bordo do Caça Garra Real, foi maçante, monótono e exaustivo. O ar estava seco dentro da cabine de pilotagem e a garganta de T'Challa doía. Ele estava cansado. Seus ossos doíam, sua cabeça latejava e seus músculos estavam fatigados. Tanta coisa ocorrera nos últimos dias.

T'Challa percebeu que não havia comido nada desde a morte do pai. Nem dormido. Mesmo neste voo rumo a Berlim, para manter Zemo sob custódia, sequer havia fechado os olhos.

Se fosse honesto consigo mesmo, T'Challa admitiria que parte dele estava com medo de dormir. Não por pensar que não conseguiria dormir ou que teria pesadelos.

T'Challa temia que, se caísse no sono, pudesse ver o pai.

Seu Baba, seu melhor amigo e seu maior porto seguro, a quem falhara em proteger.

Como poderia encará-lo? O que o pai diria? E o que ele diria ao pai? Como T'Challa explicaria que havia sido incapaz de evitar a morte dele?

Então, seus pensamentos o levaram ao seu país. O que a morte do pai significaria para Wakanda, para o povo que havia seguido seu pai nos bons e maus momentos, para aqueles que haviam acreditado nele?

O que significaria para T'Challa?

O coração dele doía com aquela perda, de uma forma que ele nunca havia sentido antes, com um vazio que não podia ser preenchido.

T'Challa se sentiu completamente sozinho. Perdido.

— O QUE ACONTECERÁ COM ELE? — T'CHALLA PERguntou depois que ele e Zemo foram guiados pelos corredores do prédio governamental da Força-Tarefa Antiterrorismo. Era um lugar oculto em Berlim, na Alemanha — oficialmente, não existia.

Ele inclinou a cabeça levemente para a cela onde Helmut Zemo estava. A parede era um espelho falso — Zemo não conseguia ver o lado de fora, mas T'Challa podia observá-lo lá dentro. Zemo mantinha a mesma expressão vazia e triste que tinha quando estava na Sibéria.

Apesar de tudo que Zemo disse na Sibéria, ele ficou em completo silêncio durante o voo até Berlim. Para ser justo, T'Challa também não puxou nenhum assunto. Embora ele sentisse pena de Zemo, não conseguia se forçar a sentir qualquer outra coisa pelo homem que causou a morte de seu amado pai.

— O que acontece com qualquer um? — foi a resposta que chegou aos ouvidos de T'Challa. A voz pertencia ao agente Everett Ross, que trabalhava para a Força-Tarefa Antiterrorismo, uma agência multinacional. Um homem elegante com um cabelo impecável, Ross vestia um terno fino e mantinha uma atitude firme que combinava com o visual. Os dois homens haviam se conhecido há pouco tempo, devido ao plano de Zemo, mas T'Challa sentia como se conhecesse o agente há muito mais tempo.

O inimigo do meu inimigo é meu amigo, pensou T'Challa.

Ele encarou Ross. Ele poderia arquear uma sobrancelha, mas não precisava. Seu silêncio e seu olhar duro indicavam para Ross o que o filho do rei de Wakanda queria dizer com sua pergunta.

— Ele vai ser interrogado, e vamos ver o que ele nos diz. Se disser alguma coisa. — disse Ross, dando de ombros. — Zemo tinha algo mais planejado? Alguma surpresinha com a qual precisamos nos preocupar? Se tiver, vamos descobrir. Então, levaremos ele para a Balsa, onde ele desfrutará da hospitalidade de nossos agentes até envelhecer e morrer.

T'Challa assentiu. Ele sabia que a Balsa era uma prisão submersa e que sua localização era desconhecida. Se alguém fosse infeliz ou maligno o suficiente para ganhar uma viagem até lá, provavelmente seria uma passagem só de ida. Ele olhou para além de Ross, para a cela atrás dele. Zemo olhava para o nada. O homem estava sentado, calmo, respirando fundo. Ele parecia inofensivo. Era difícil de acreditar que aquele homem sozinho quase destruíra os Vingadores.

E ainda assim.

— Tenho certeza de que ele acha que o plano dele funcionou — disse Ross. — Consegue acreditar?

— De certa forma, ele é uma vítima — T'Challa disse suavemente. — Quantos em Sokovia são como ele? A tragédia que aconteceu com Zemo… pode consumir qualquer um.

Ross pegou uma pasta de uma mesa e a colocou debaixo do braço.

— Bem, a maioria das pessoas que passam por uma tragédia não tentam fazer o Homem de Ferro destruir o Capitão América.

Ele tem um ponto, T'Challa pensou.

— Agora, há mais alguma coisa que você pode fazer por nós? — Ross perguntou, sentando-se à mesa. T'Challa parou e encarou o homem peculiar.

— Eu... não entendi — respondeu T'Challa, balançando a cabeça. — Entreguei Zemo a vocês. Acredito que qualquer obrigação, se é que existia uma, foi cumprida.

— Obrigação? Quem está falando de obrigações? Estou falando de uma... parceria temporária — respondeu Ross.

— Uma parceria temporária — disse T'Challa, digerindo as palavras. — Seja claro, agente Ross. Meu país precisa de mim urgentemente.

— Por favor. "Agente Ross" soa formal demais, sinto como se eu estivesse em apuros — disse o agente com um sorriso. — Me chame de Everett.

— Agente Ross — T'Challa repetiu. Ele não sorriu de volta. — Por favor, vá direto ao ponto.

Ross se inclinou na cadeira e colocou os pés sobre a mesa, resistindo à vontade de revirar os olhos. Ergueu as mãos e entrelaçou os dedos atrás da cabeça. Então, sorriu.

Que tipo de homem é este agente Ross?, T'Challa se perguntou.

— Antes iniciar essa festinha — Ross começou —, Zemo estava hospedado em uma pensão próxima daqui. E se eu disser que achamos algo lá? Algo que poderia causar muitos problemas para muitas pessoas inocentes?

T'Challa se inclinou atentamente e cruzou os braços. Wakanda o chamava de volta, mas parte dele temia voltar à sua terra natal para encarar um povo atormentado pela tristeza e um futuro incerto, e tudo isso por culpa dele. Se ele pudesse prolongar sua estadia em outro continente, mesmo que só mais um pouco, e fazer algo bom, talvez conseguisse ter um pouco de paz.

— Certo, agente Ross. Estou ouvindo.

CAPÍTULO 2

Berlim, Alemanha. Vinte minutos depois.

Everett Ross não era um homem sem preocupações. Por trás da fachada de pessoa tranquila, sempre com uma piada na manga, Ross tinha que admitir que estava constantemente ansioso e preocupado sobre o estado de sua agência, a segurança de seus agentes e a miríade de ameaças à segurança dos Estados Unidos — e do mundo — que enfrentavam diariamente. Ele se esforçava muito para não demonstrar, mas, às vezes, transparecia.

— Minhas desculpas, Vossa Alteza — disse Ross a T'Challa depois da pequena reunião que teve com o príncipe e do interrogatório de Zemo. — Estou quase no limite. Por favor, seja paciente comigo.

Juntos, eles seguiram por um corredor reto e sem sinalizações.

— Nós passamos um pente fino no lugar que Zemo estava alugando — disse Ross. — Eu nem sei o que é um "pente fino", mas garanto que minha equipe passou um. Verificaram tudo.

A dupla parou em frente a uma porta lisa marcada apenas com uma barra vermelha. Ross se aproximou da barra e uma linha brilhante se moveu para cima e para baixo, sondando o rosto de Ross.

— Varredura de retina — explicou Ross, com certo orgulho na voz.

A barra alternou de vermelho para verde e a porta se abriu. Ross virou-se para T'Challa com um olhar que dizia "Impressionante, hein?".

T'Challa não parecia impressionado. A tecnologia de Wakanda era muito superior à do resto do mundo, em todos os níveis. Uma porta que mudava de cor e se abria sozinha não surpreenderia T'Challa.

Ross deu de ombros diante da reação impassível de T'Challa e fez sinal para que o príncipe entrasse e o seguiu.

Nossa, pensou Ross. *Esse cara não tem nenhum senso de humor.*

Dentro da sala de conferência, T'Challa viu um grande monitor numa parede. Na tela havia uma imagem estática de Zemo, uma foto de cadastro. Ao lado, uma foto da pensão em que ele estivera hospedado pouco antes de colocar seu plano em ação.

— Vamos ao que interessa — começou Ross, gesticulando para que T'Challa se sentasse. — Zemo. Para um cara cheio de segredos, ele gostava de escrever o que estava pensando. E ele escrevia muito. Ele deixou um diário na pensão. — Ross moveu a mão na frente do monitor e a imagem mudou, exibindo uma foto de um caderno com capa de couro, guardado em um envelope plástico de evidências.

T'Challa ainda estava em pé, escutando Ross e olhando para o monitor, sem dizer uma palavra.

— Tem certeza que não quer se sentar? — perguntou Ross. — Você parece desconfortável. E está *me* deixando desconfortável. Odeio me sentir desconfortável. Por favor, sente-se.

T'Challa vagarosamente se sentou perto de Ross, com os olhos ainda grudados no monitor.

Tão sério, Ross pensou, revirando os olhos mentalmente.

— Certo, o diário. Zemo preencheu o caderno inteiro com códigos. Não tenho dúvidas de que, com tempo, nossos criptógrafos teriam conseguido decifrar o código e traduzir o caderno inteiro. Então, teríamos o panorama completo dos planos de Zemo e poderíamos prevenir qualquer coisa que ele tivesse em mente.

T'Challa inclinou a cabeça.

— O que quer dizer com "teriam conseguido decifrar"? Onde está esse diário agora?

Ross uniu as mãos espalmadas.

— Perfeito. Eu sabia que você perceberia. Veja, é por *isso* que eu quero que trabalhemos juntos. — Ross sorriu para T'Challa, que não retribuiu.

Caramba, Ross pensou. *Ele é difícil.*

Ross continuou.

— Eu falei no passado para indicar que não estamos com o diário agora — disse ele. Fez mais um gesto na frente do monitor e a imagem do diário foi substituída pela foto de uma mulher de aparência comum. Ela parecia ter pouco mais que quarenta anos, de cabelo liso preto. Ela tinha uma pinta na bochecha direita e usava óculos retangulares. — Está com ela.

— Quem é ela? — perguntou T'Challa.

Ross bateu as mãos mais uma vez.

PANTERA NEGRA: CONSEQUÊNCIAS

— A gente vai se dar bem, você e eu — disse Ross. — Ela era uma integrante de confiança da nossa organização, ou foi o que pensamos. O nome dela é Charmagne Sund. Pelo menos, foi o nome que ela nos deu. Pode ser verdadeiro, pode ser um codinome, vai saber.

— Não entendi — disse T'Challa, observando mais atentamente a imagem na tela. — Como alguém se torna membro da sua organização e...

— Trai a tal organização, roubando uma evidência vital de uma investigação em andamento? — Ross adicionou rapidamente, terminando a frase de T'Challa. — Ótima pergunta. Estamos tentando descobrir. Contudo, o mais importante é que ela tem o caderno. E fugiu.

— Quando?

— Meia hora atrás, mais ou menos — disse Ross. — O que sabemos até agora é que, enquanto eu conversava com Zemo, Sund estava na sala de evidências, pegando o diário. As câmeras de segurança a gravaram entrando na sala e saindo do prédio pouco depois.

— Por que ela quer o diário? — T'Challa perguntou.

— Eu esperava que você pudesse encontrá-la para fazer exatamente essa pergunta — disse Ross. Ele moveu a mão na frente do monitor, que se desligou.

CAPÍTULO 3

Embora estivesse na sala de conferência com Everett Ross, os pensamentos de T'Challa se desviaram para os assuntos difíceis que ocupavam sua cabeça nos últimos dias.

Destino.

Vingança.

A vida de dois homens, tão diferentes, ainda assim entrelaçadas.

T'Challa estava em um impasse entre seguir seu coração ou sua mente. No coração, ele sabia que deveria retornar à Wakanda. Com a morte do pai, as tribos precisavam dele. Seu povo precisava dele. Sua família... sua irmã precisava dele. Sua mãe precisava dele.

Sua mãe. Ramonda, a rainha.

Como conseguiria encará-la depois do que aconteceu?

Como poderia dizer a ela que, em um momento, estivera falando com o amado marido dela, e no outro, se despedindo?

Pela primeira vez desde que a bomba havia explodido na conferência das Nações Unidas, T'Challa se via lutando contra as lágrimas.

Tomado pela emoção, T'Challa pensava no que a morte do pai representava para Wakanda. Havia providências a serem tomadas. Como o próximo na linha de sucessão, T'Challa teria que participar de uma cerimônia nas Cataratas do Guerreiro. Era um ritual ancestral, e rituais eram de extrema importância para o povo de Wakanda. Este requeria a presença das quatro tribos: a Tribo da Fronteira, a Tribo Mineradora, a Tribo Mercante e a Tribo do Rio. Um guerreiro de cada tribo poderia desafiar T'Challa pelo direito ao trono, e ele teria que lutar contra cada um em sequência e sair vitorioso; ou eles poderiam declinar do desafio e ele seria automaticamente proclamado rei.

De qualquer forma, pela batalha ou por herança, parecia que ele seria coroado rei.

Mas ele queria?

O coração dele estava firmemente plantado em Wakanda. Pertencia à sua nação, ao seu pai, à sua família, ao seu povo.

Mas sua mente estava em outro lugar.

T'Challa tinha visto em primeira mão o tipo de destruição que Zemo era capaz de provocar. Ele havia experimentado o caos que um homem que permitira que o sentimento de vingança se enraizasse em sua alma podia causar. A sede de vingança de Zemo matou o pai de T'Challa. Matou pessoas inocentes.

E se aquele homem tivesse mais caos para espalhar pelo mundo? E se Charmagne Sund usasse as informações contidas no diário de Zemo para semear este caos? E se ela entregasse esse diário, esse conhecimento, a alguém com intenções ainda mais malignas? Pelo que ele havia visto, o mundo estava cheio de potenciais ameaças. De Ultron ao Barão von Strucker, de Klaue a Zemo, o que não faltava era maldade.

Dividido entre seu dever para com Wakanda e seu senso de responsabilidade para com o mundo todo, T'Challa viu-se numa encruzilhada. Ele se perguntou o que o pai diria para ele se estivesse ali naquele momento. A mente de T'Challa começou a viajar de volta para sua última conversa com o pai.

Na sede das Nações Unidas, em Viena.

Antes da explosão.

VIENA, ÁUSTRIA. CÚPULA DAS NAÇÕES UNIDAS.

— PARA UM HOMEM QUE DESAPROVA A DIPLOMACIA — T'Chaka disse a T'Challa em wakandano —, você está se tornando cada vez melhor nisso. — O homem repousou a mão direita sobre o ombro do filho e deu um sorriso caloroso.

Era verdade. T'Challa não estava certo sobre a decisão do pai de abrir Wakanda para o mundo, mas ele confiava no pai acima de tudo. E se era algo que seu pai acreditava ser importante, então T'Challa se juntaria a ele.

T'Challa sorriu de volta.

— Estou feliz, pai — ele disse. — Acredito no que estamos fazendo aqui. Acredito em você.

— Obrigado — disse T'Chaka. Ele queria que Wakanda deixasse para trás seu véu de segredo. Ele acreditava que o mundo precisava de Wakanda, e que Wakanda precisava do mundo ao redor. T'Chaka os lideraria, mas precisava que seu filho, T'Challa, o acompanhasse nessa jornada.

Aquelas foram as últimas palavras que T'Challa e seu pai trocaram.

PANTERA NEGRA: CONSEQUÊNCIAS

— **P**RÍNCIPE T'CHALLA? ESTÁ OUVINDO? — DISSE Ross, balançado a mão diante dos olhos de T'Challa. — Perguntei se vai nos ajudar.

Num estalo, T'Challa voltou ao presente e olhou nos olhos de Ross.

— Meu pai iria querer que eu ajudasse — ele respondeu. — Mas por que eu? Você tem todos os agentes que poderia precisar.

— Você está certo, tenho mais agentes do que posso contar. Aliás, não é verdade; tenho 84. Mas nenhum deles é você. Nenhum deles é o Pantera Negra — respondeu Ross. — E algo me diz que vou precisar do Pantera Negra para resolver isso.

T'Challa refletiu um pouco sobre essas palavras antes de responder

— Muito bem. Mas tenho um dever para com meu povo também.

Ross assentiu.

— Claro, claro. Acredite, isso vai ser rápido. Tudo que precisamos é que você encontre Sund e recupere o diário para nós.

— Sabemos para onde ela provavelmente iria? — T'Challa perguntou.

Ross separou as mãos.

— Sim e não. Ela ainda está em Berlim. Não há nenhum sinal de que tenha atravessado a fronteira ou ido para algum aeroporto — ele disse. — Tenho uma pista que podemos seguir. Além disso, eu aposto que você é muito bom em rastrear coisas.

T'Challa assentiu.

— Sou o Pantera Negra, afinal.

— É claro — disse Ross. — Vamos, Pantera Negra, vamos pegar uma carona.

CAPÍTULO 4

— Gosto de dirigir em Berlim — disse Ross atrás do volante de um *sedan* preto discreto. — Aqui o motorista fica do lado esquerdo, sinto-me em casa.

T'Challa estava no banco do passageiro, usando o capacete de Pantera Negra. Ele ouvia o barulho do trânsito do lado de fora. O sol penetrava pelas janelas de vidro fumê, indicando para T'Challa que era fim de tarde.

Ross olhou para sua companhia e voltou os olhos para a estrada. *Que dupla formamos*, pensou.

— Agora, veja a Inglaterra — disse Ross enquanto seguia pelo tráfego pesado da Unter den Linden. A avenida atravessava o distrito central de Berlim, Mitte, e sempre estava congestionada. Ross buzinou e T'Challa notou que nenhum outro motorista fazia o mesmo. — O motorista fica aí, do lado em que você está. Eu fico confuso. Toda vez que dirijo na Inglaterra, causo algum acidente. Meu cérebro não consegue se acostumar. Você tem sorte de estar numa missão comigo em Berlim.

T'Challa se virou e olhou pela janela, e Ross sabia que estava perdendo a atenção dele.

— Qual é essa "pista" que você tem? — perguntou o príncipe de Wakanda. — Por que estamos nesse carro?

PANTERA NEGRA: CONSEQUÊNCIAS

Ross inclinou a cabeça e olhou para a estrada adiante.

— Vou lhe contar um segredinho. Todos os funcionários da agência têm microchips implantados para que possamos rastreá-los, caso eles se percam, sejam sequestrados...

— Ou traiam a agência — T'Challa interrompeu.

— Exatamente. E o grande segredo dos microchips é: nenhum dos agentes sabe que os receberam.

— Então, como você sabe sobre eles? — perguntou T'Challa.

— Essa — Ross retrucou — é uma excelente pergunta. Uma das melhores. E a resposta é: porque é o tipo de informação que só se passa quando necessário... e eu precisava saber.

T'Challa lançou um olhar a Ross que dizia "Como posso confiar num homem como você?".

Ou talvez eu esteja interpretando errado, pensou Ross.

— Sei que não soa bem, mas, acredite, fazemos esse tipo de coisa porque é preciso.

— Não sei o que pensar de você ou de uma agência na qual a privacidade pode ser descartada com tanta facilidade — disse T'Challa, voltando a olhar pela janela. — Onde Charmagne Sund está agora?

Ross vislumbrou seu celular.

— De acordo com o microchip dela, bem ali — ele disse, apontando para um prédio enorme com uma fachada de pedra mais à frente.

Antes que Ross dissesse mais uma palavra, T'Challa falou.

— Ali é a Ópera Estatal de Berlim.

— Viu? — disse Ross, com um tom alegre na voz. — Trabalhar comigo também é cultura.

130

T'Challa estava quase mostrando um sorriso quando uma rajada de balas estilhaçaram o para-brisa.

Foi tudo muito rápido. Ross mal conseguiu acompanhar o que aconteceu.

Primeiro, foram as balas. Elas martelaram o para-brisa, fazendo o vidro blindado rachar, formando teias de aranha. As balas perfuraram a blindagem do carro como se ela sequer existisse. A blindagem deveria resistir a qualquer coisa menor que um projétil de tanque, mas Ross não tinha tempo para resolver essa questão agora.

Em seguida, foram os pneus. O barulho dos quatro pneus estourando preencheu os ouvidos de Ross. No mesmo instante, ele perdeu o controle do veículo em alta velocidade. O carro derrapou pela rua até bater em outro e capotar.

Por fim, o carro em si. Ross e T'Challa estavam dentro do *sedan* que, de cabeça para baixo, girava como um pião, enquanto a saraivada de balas continuava. T'Challa soltou o próprio cinto e depois o de Ross. Ele agarrou o agente e chutou a porta do motorista para fora. Protegeu Ross com o próprio corpo e saiu rolando para longe do perigo.

Ou quase isso.

T'Challa estremeceu quando sentiu uma bala acertar de raspão seu braço esquerdo, um lampejo ofuscante de dor ardente e lancinante atravessou o corpo dele. O traje de *vibranium* que usava deveria ter amortecido o impacto de qualquer bala normal. Aquela bala era diferente.

Agachado atrás do carro capotado, Ross se reorientou.

PANTERA NEGRA: CONSEQUÊNCIAS

— Os tiros estão vindo de uma janela. Do andar superior da Ópera Estatal — apontou.

— Fique abaixado — T'Challa instruiu enquanto pressionava o braço esquerdo com cuidado, avaliando o dano.

Sangue.

— Pegue isso! — gritou Ross e jogou um pequeno dispositivo tubular para T'Challa. — Um comunicador!

Sem dizer mais nada nem parar para pensar no braço que sangrava, T'Challa partiu. Ele saltou sobre o carro destruído e disparou pela rua em direção à Ópera Estatal. Suas pernas aceleraram cada vez mais. Então, com um salto inacreditável, o Pantera Negra se lançou no ar, pendurando-se na lateral da construção, e começou a escalar usando suas garras.

CAPÍTULO 5

T'Challa queria acreditar que seu pai estava certo. Que Wakanda deveria assumir seu devido lugar no mundo e se juntar à comunidade internacional. T'Chaka estava confiante nisso. Tão confiante que acabou morrendo por sua crença.

T'Challa queria acreditar que o pai estava certo, mas não tinha certeza.

Ele se odiava por isso.

Essa e muitas outras questões se agitavam na mente de T'Challa enquanto ele escalava a fachada da Ópera Estatal de Berlim. As garras afiadas feitas de *vibranium* penetravam na pedra, enquanto os músculos fortalecidos por anos de treinamento intenso faziam o resto. Ele parecia não fazer esforço.

O Pantera Negra alcançou a janela do andar de cima, de onde os tiros estavam sendo disparados, em segundos. Com um movimento fluido, ele passou as garras da mão direita de um lado ao outro do vidro de uma janela fechada, e depois o empurrou. O vidro caiu para dentro e T'Challa passou pela janela. Ele saltou e rolou no chão, parando agachado.

Não havia ninguém ali.

T'Challa escancarou uma porta e se viu diante de um longo corredor. À direita, e à esquerda, não tinha ninguém. Não parecia haver nada de errado.

Exceto por um punhado de fragmentos e cacos de alguma coisa espalhados pelo chão. T'Challa se curvou para pegar um desses pedaços. O que ele pensava ser uma saraivada de balas, na verdade, não eram projéteis. Mas antes que tivesse tempo de analisar apropriadamente, uma voz crepitou pelo comunicador que Ross deu a ele.

— Fale comigo, o que está vendo aí?

Era o agente Ross.

T'Challa respirou fundo, e suspirou.

— Um fantasma, talvez. Não tem ninguém aqui — ele disse, encarando o caco na palma de sua mão esquerda. — A atiradora se foi. Para onde, não posso dizer.

— Você pode dizer para mim. Sou um agente plenamente autorizado — disse Ross, tentando deixar a situação um pouco mais leve.

T'Challa não riu.

— Sinto muito — respondeu Ross. — Perdi o rastro de Sund. Alguma coisa está interferindo com o microchip. Minha equipe vai vasculhar a área. Parece que voltamos à estaca zero.

— Eu disse que a *atiradora* se foi. Mas ela deixou algo para trás. — T'Challa deu outra boa olhada no fragmento que tinha em mãos. Alguma coisa nele parecia familiar. Então, ele reconheceu o que era e mal conseguia acreditar.

Era feito de *vibranium*.

T'Challa sentiu seu braço esquerdo latejar.

— **S**ABE, TENHO QUE ADMITIR, ESTOU DESAPONTADO. Estava animado para assistir, da primeira fila, a você em algum tipo de perseguição audaciosa com a atiradora — disse Ross.

— Nem tudo na vida é perseguição — T'Challa disse em tom solene, enquanto andava com Ross até outro *sedan* preto que parecia ter surgido do nada. — Isso é algo que meu pai entendia.

A polícia local havia isolado a área e a equipe de Ross estava vasculhando as proximidades da Ópera Estatal, em busca de pistas adicionais.

— Eu também entendo, acredite — Ross respondeu enquanto abria a porta do motorista no novo carro. T'Challa entrou e fechou a porta rapidamente.

— Esses fragmentos que a atiradora estava usando são feitos de *vibranium* — o Pantera Negra disse sem rodeios.

— Foi por isso que perfuraram a blindagem do carro e seu traje com tanta facilidade — Ross pontuou. T'Challa assentiu. — Onde Charmagne Sund conseguiu *vibranium*?

— Só há uma fonte de *vibranium* no mundo — T'Challa disse vagarosamente. — Wakanda. E você sabe que não o fornecemos. Eu só conheço um homem que traficou *vibranium*.

— Klaue? — Ross perguntou. Ele falava de Ulysses Klaue, um traficante de armas inescrupuloso, desonesto e muitas vezes assassino que, entre outras coisas, havia roubado um carregamento de *vibranium* de Wakanda há alguns anos. O roubo incorreu na ira do pai de T'Challa, e de toda Wakanda. Os crimes de Klaue contra a humanidade eram literalmente numerosos demais para listar. — Você acha que Klaue está por trás disso?

T'Challa refletiu sobre a pergunta de Ross enquanto o agente ligava o carro e partia.

— Creio que não. Contudo, acredito que parte do *vibranium* que ele roubou acabou caindo nas mãos de Charmagne Sund. A questão é: quem o deu para ela? Encontre essa resposta e talvez descubramos para quem ela pretende entregar o diário.

— Sua gramática é formidável — Ross disse, balançando a cabeça enquanto fazia uma curva fechada para a esquerda. — A minha, nem tanto. Mas a sua? Eu queria ter esse dom.

Para a surpresa do próprio T'Challa, um sorriso minúsculo apareceu em seu rosto.

— Você é um homem interessante, agente Ross.

CAPÍTULO 6

A*PENAS DIRIJA.*
A respiração dela estava pesada, mas controlada. Ela havia perdido completamente a noção de tempo desde o momento em que pegou o diário. A mente estava um turbilhão enquanto ela tentava se localizar e manter a cabeça no lugar.

Um momento antes, Charmagne Sund estava na janela, no andar superior da Ópera Estatal, disparando contra um *sedan* preto sem identificações. Ela reconheceu a marca e o modelo imediatamente e sabia que pertencia à agência. Ela o estava esperando, até mesmo contando com isso.

Afinal, era parte do plano.

O que ela não esperava era um homem com garras afiadas e um traje preto justamente escalando a parede da Ópera Estatal. Ela sabia quem era. Havia lido o arquivo de Ross sobre o homem.

T'Challa, príncipe de Wakanda. O Pantera Negra.

Ela segurava o caderno com capa de couro na mão esquerda e o volante com a outra. Sund agiu rapidamente no momento em que viu o Pantera Negra. Descendo para a ópera em si, atravessou o interior grandioso e ornamentado até a rua abaixo e saiu por uma entrada lateral. Depois disso, foi simples encontrar um carro estacionado, fazer ligação direta e sair de lá sem ser notada.

Pelo menos, por enquanto. Àquela altura, Ross já teria colocado metade da agência nas ruas de Berlim à procura dela. Não tinha como ela deixar a cidade sem ser detectada.

Tudo bem, pois Sund não tinha a menor intenção de deixar Berlim. Mas ela tinha um outro local ao qual precisava ir.

Sund se perguntava, antes de tudo, se deveria ter pegado o diário. Era muito provável que a agência entendesse isso como um ato de traição e mandasse equipes de assassinos para exterminá-la. Pelo menos, era o que ela acreditava que eles fossem fazer.

Por que ela *pegou* esse caderno? Ela nem o queria.

Praticamente tinha medo desse diário, da informação que ele continha. Helmut Zemo era um homem amargurado e transtornado que estava tentando destruir uma equipe de heróis para... o quê? Ter justiça? Se vingar? A família dele estava morta. As ações de Zemo não os ajudariam.

No entanto, justiça e vingança eram duas emoções com as quais Sund podia se identificar profundamente.

Muito profundamente.

Então, ela sabia que uma pessoa que chegava a esse ponto em busca de vingança seria capaz de fazer quase qualquer coisa. O que quer que estivesse no diário, quaisquer que tivessem sido — que ainda pudessem ser — os planos de Zemo, eles estariam ali. Embora as páginas estivessem codificadas, Sund sabia que qualquer criptógrafo que se prezasse conseguiria decodificá-las. E, uma vez que o fizessem, aquela informação teria alto valor no submundo do crime.

Pessoas iriam atrás desse conteúdo.

O próprio Zemo iria atrás dele.

Isso mesmo, ela pensou consigo mesma. *Zemo virá.* Ross realmente pensava que a agência poderia conter Zemo? Ele já havia idealizado um esquema de fuga complexo e genial, envolvendo um pulso eletromagnético que deixara o quartel--general da agência em Berlim sem energia, permitindo que o Soldado Invernal escapasse.

Fora dessa forma que o plano de Zemo para destruir os Vingadores atingira o próximo nível.

Eles realmente acreditavam que Zemo não era mais uma ameaça?

Sund não acreditava nisso. E ela pretendia neutralizar a ameaça antes que pudesse causar mais dano. Afinal, era o que havia sido treinada para fazer. Ela devia isso ao mundo.

E mais importante: ela devia isso para o povo de Sokovia. Um país que ela amava, e cujo o nome estaria ligado a Zemo para sempre.

A menos que ela fizesse algo quanto a isso.

Enquanto acelerava pela Unter den Linden, afastando-se da Ópera Estatal, ela ouviu o barulho das sirenes à distância.

Vingança.

CAPÍTULO 7

Escritório de Everett Ross, trinta minutos mais tarde.

A agência estava praticamente vazia. A maior parte do pessoal havia sido chamado à Ópera Estatal e estava conduzindo a investigação seguindo as ordens de Ross. O próprio Ross havia retornado ao quartel-general com T'Challa, tentando entender tudo que havia acontecido.

T'Challa estava diante da mesa de Ross, seus dedos enluvados de preto vasculhando uma pasta de arquivo não identificada que estava aberta diante dele. Havia ali uma foto de registro de Charmagne Sund, junto com informações biográficas dela. T'Challa ainda segurava o fragmento de *vibranium* na mão esquerda, movendo-o na palma da mão enquanto lia o arquivo.

Ross dividia a atenção entre T'Challa, o arquivo de Sund e o celular. Ele estava no meio de uma conversa que parecia mais um monólogo, evidenciado pela forma como ele segurava a saída de som a uns bons quinze centímetros de distância do ouvido.

— Sim, senhor, eu... — era tudo que Ross conseguia dizer antes do berro do outro lado da linha soar novamente. — Sim, senhor, eu sei, você precisa estar envolvido em tudo relacionado aos Vingadores, mas... — A voz raivosa disparou de novo. Ross podia apenas revirar os olhos e esperar pelo fim do discurso.

T'Challa olhou para Ross e o agente cobriu o microfone do seu celular.

— Acredite ou não, isso é bem comum — disse Ross, com um sorriso. — É sempre um prazer receber um sermão do secretário de Estado.

O secretário de Estado era um outro Ross: Thaddeus Ross — ou "Thunderbolt" Ross, como fora conhecido nos seus dias no exército. Por anos ele liderara um projeto supersecreto que buscava recriar o experimento do Super Soldado, que havia transformado o frágil Steve Rogers no espécime de físico incrível conhecido como Capitão América. Exceto que os experimentos de Ross acabaram de forma um pouco diferente, resultando em um cientista chamado Bruce Banner se transformando no furioso Hulk, e o próprio homem de Ross, Emil Blonsky, tornando-se o Abominação.

T'Challa segurou um risinho.

— Por que o secretário de Estado perde o tempo dele ligando para você, enquanto você tem uma investigação para comandar?

— Exatamente — Ross retrucou, com a mão ainda cobrindo o microfone enquanto a gritaria continuava do outro lado da linha. — Desde Sokovia e do Tratado, Ross quer estar ciente de qualquer coisa que envolva os Vingadores, por mais remota que seja. Nesse caso, isso significa você e o tiroteio na Ópera Estatal.

— Eu não sou um Vingador — T'Challa contestou categoricamente.

— Tente dizer isso ao "Thunderbolt" Ross. Para ele, qualquer um que use um pijama mais colorido é um Vingador. — Ross suspirou pesadamente, e sentou-se em sua cadeira. — Não somos parentes, ok? No caso de você estar se perguntando.

— Sério? Estou surpreso. Em Wakanda, supomos que todos com o sobrenome "Ross" devem ser parentes — disse T'Challa. Seus olhos mantiveram-se fixos no arquivo diante dele.

Ross lançou um olhar para T'Challa e, então, apontou para ele, acidentalmente descobrindo o microfone. Ele começou a balançar o dedo.

— Espera, isso foi… você acabou de fazer uma piada? — perguntou ele com empolgação. — O príncipe de Wakanda acabou de fazer uma piada? Acho que isso foi uma piada.

Um berro violento eclodiu do outro lado da linha, e Ross fez uma careta.

Esqueci da porcaria do telefone, Ross pensou.

— Não, senhor, eu não achei que *o senhor* estava fazendo uma piada — disse Ross no telefone, em tom apaziguador. — Claro que não. Nada que o senhor diz é uma piada, e considero que todas as suas palavras têm extrema importância.

Conforme T'Challa continuou a analisar o arquivo de Sund, algo chamou sua atenção.

— Sokovia — disse ele.

Ross inclinou a cabeça.

— Sokovia?

Mais gritos pelo telefone.

— Não, senhor, eu não quero que você vá para Sokovia. É só que, eu realmente preciso voltar para a minha inves…

T'Challa falou por cima de Ross.

PANTERA NEGRA: CONSEQUÊNCIAS

— Charmagne Sund é de Sokovia. Isso explica como ela obteve o *vibranium*.

— Como? — perguntou Ross, confuso.

— Klaue forneceu *vibranium* para Ultron para que o robô pudesse aperfeiçoar sua forma. Depois da Batalha de Sokovia, fragmentos de *vibranium* ficaram espalhados. Ela pode ter juntado os pedacinhos.

— E o quê? Forjado balas?

T'Challa meneou a cabeça.

— Muito improvável. Mas ela poderia disparar esses fragmentos e cacos de dentro de uma cápsula, como em rifles. Tão mortais quanto uma bala de *vibranium*.

Naquele momento, uma agente novata apareceu na porta de Ross, ofegante.

— Senhor, explosões por toda Unter den Linden — ela soltou.

— O senhor terá que gritar comigo mais tarde — Ross disse ao telefone e desligou em seguida. Ele lançou um olhar sério para a agente. — Ok. Nos conte tudo que sabe.

CAPÍTULO 8

Da entrada da sala de Ross, a agente passou uma quantidade extraordinária de informação em um — também extraordinário — curto período de tempo. Ross estava de fato impressionado. Ou estaria, se não estivesse tão furioso.

As explosões começaram por volta das três horas daquela tarde. Elas ocorreram por toda a movimentada Unter den Linden, desde a ponte Schollsbrücke, no extremo leste, até o Portão de Brandemburgo ao oeste.

Em cada instância, as explosões em si causaram pouco dano. Surpreendentemente, nenhum civil se feriu. Mas elas tiravam o foco da polícia e dos agentes de Ross, quando eles já estavam sobrecarregados com a investigação do tiroteio na Ópera Estatal.

— O que está acontecendo aqui? — Ross gritou. E a resposta foi o silêncio. — Não precisam responder... eu não estava perguntando de verdade; só pensando alto.

A agente novata ficou parada à porta, sem saber ao certo o que deveria fazer depois de ter passado todas as informações.

— Deseja que eu fique ou...? — ela disse, com a voz falhando.

— Quero que você monitore essa situação e me reporte qualquer nova informação a cada cinco minutos — disse Ross. — Há quanto tempo está conosco?

A novata jogou o peso do corpo para o outro pé.

— Três meses, senhor.

Ross assentiu.

— Três meses. Não acredito que só levou três meses para você ser promovida.

— Mas eu não... — a agente começou a dizer, antes de entender o que Ross queria dizer. Ela se permitiu dar um pequeno sorriso, então deu um breve aceno e saiu do escritório de Ross a passos largos.

— Qual a conexão entre o tiroteio, as bombas, e o roubo do diário? — Ross se perguntou. — É um bando de coisas que não parecem ter conexão nenhuma e que obviamente estão ligadas, mas não faz sentido. Nada disso faz.

T'Challa mordeu os lábios, parecendo tão desconcertado quanto Ross estava com a sequência aleatória de eventos. Era a primeira indicação que Ross teve de que o príncipe não era completamente calmo, frio e controlado 24 horas por dia, sete dias por semana.

— Charmagne Sund é a conexão — T'Challa anunciou de repente.

Ok, talvez ele seja.

— Charmagne Sund? — perguntou Ross. — Concordo que ela está por trás do tiroteio na ópera, mas as explosões também? Não parece coincidência demais? Por que ela faria isso? Qual o objetivo? Ela apenas não fugiria com o diário?

T'Challa se levantou e balançou a cabeça.

— Não é coincidência. Charmagne Sund quer o que Zemo queria. O que eu já quis.

Ross estava sentado atrás de sua mesa, com as sobrancelhas erguidas e meneando a cabeça como se dissesse: "E isso seria...?".

— Vingança.

E naquele momento, pela segunda vez em menos de uma semana, a energia acabou e o escritório de Ross ficou completamente escuro.

CAPÍTULO 9

No momento em que a energia acabou e o prédio caiu na escuridão, T'Challa entendeu o que estava acontecendo. Ele podia sentir. Talvez fosse por instinto, baseado em todos os anos de treinamento com o pai. Aprendendo a arte do combate, do rastreamento e da caça com as Dora Milaje — a força especial de Wakanda.

Ou era outra coisa? Algo mais profundo?

Talvez fosse a estranha afinidade que ele sentira por Zemo. Embora T'Challa não gostasse da sensação, ele tinha que admitir que os dois homens compartilhavam um terrível laço, forjado pelo luto.

Zemo perdera sua família enquanto os Vingadores batalhavam contra Ultron em Sokovia. A perda que o levou ao seu insano ato de vingança.

T'Challa perdera o pai para o atentado em Viena, uma vítima não intencional da ira de Zemo.

Dois homens, consumidos pela vingança.

Um sucumbiu ao ódio e, por isso, perdeu sua alma, sua essência, seu próprio ser.

O outro resistiu, conseguindo se salvar no processo.

T'Challa sentiu um calafrio ao pensar em outra vítima de tudo isso, em outra pessoa consumida pela vingança, levada a buscar a destruição. Ele se perguntava se esse perigoso ciclo de vingança poderia ser quebrado.

T'Challa acreditava que era Sund — sabia que era ela, na verdade. Tinha que ser. Ela era de Sokovia. Estava em busca da própria vingança.

O diário havia sido apenas uma armadilha — uma pista falsa. Não era o objetivo final.

Não, o objetivo era a vingança.

E T'Challa descobriu contra quem, onde e quando.

Era ali — dentro do quartel-general da agência de Ross — e naquele momento.

— Ela está aqui — T'Challa disse. Os olhos treinados dele se acostumando rapidamente à escuridão. Ele se levantou da cadeira e seguiu a passos firmes para a porta do escritório.

— O quê? Quem? — perguntou Ross.

— Charmagne Sund — T'Challa sussurrou. — Temos que ir até Zemo. Agora.

— Por quê?

— Porque Sund vai matá-lo.

CAPÍTULO 10

Assim como todo o resto da agência, a cela de Helmut Zemo estava na mais completa escuridão, o que o deixou genuinamente surpreso. A última vez que esteve na agência, ele havia se disfarçado de psiquiatra para ter acesso ao Soldado Invernal. Quando a energia acabou daquela vez, foi resultado direto da bomba eletromagnética que ele havia detonado.

Dessa vez, ele não tinha nada a ver com aquilo.

Então, se não foi ele, o quê? Ou quem?

Zemo estava conformado com a situação, sentado na cela. Ele não poderia fazer nada. Não era superpoderoso como o Soldado Invernal, então não conseguiria se libertar da própria cela. E mesmo que pudesse abri-la e fugir daquele lugar, de que isso lhe serviria?

Sua família ainda estava morta.

— Já deveria ter voltado — Ross pontuou enquanto ele e T'Challa se apressavam pelos corredores escuros da agência. — Voltou logo depois do pulso da última vez.

— Agora não é igual a última vez — T'Challa disse calmamente. — Dessa vez, você está lidando com alguém que conhece toda sua infraestrutura de dentro.

— Não entendo — disse Ross. — Por que Sund está fazendo isso? Por que pegar o diário? Por que nos colocar numa perseguição sem fim? Por que explodir aquelas bombas?

— Para distraí-lo — T'Challa respondeu com naturalidade. — Para manter seus agentes espalhados por Berlim, perseguindo sombras... enquanto isso, ela vem até aqui, encontrando um prédio praticamente vazio, para acabar com Zemo.

— "Acabar"? — exclamou Ross. — Ei, ninguém é "acabado" em solo da Força-Tarefa Antiterrorismo.

— Sua agência pode não fazer isso — disse T'Challa. — Mas uma pessoa de Sokovia com sede de vingança? Ela faria.

A CELA ESTAVA QUIETA E MONÓTONA, E O AR SUFOCANTE. Zemo não se importava. Conforto não era exatamente importante para o homem naquele momento.

Ele ficou sentado na cadeira dura que providenciaram para ele, encarando o teto, que ele não conseguia ver por causa da escuridão. Ele achou estranho que ninguém havia ido se certificar de que ele não estava tentando fugir. Por outro lado, também, parecia bastante estranho que ele não ouvisse quase nenhuma comoção no prédio.

O que Ross estava fazendo?

Foi quando a porta para a sua cela abriu. Zemo podia ouvir a respiração de alguém, mas na escuridão, não conseguia ver quem era.

— Helmut Zemo? — uma voz chamou do meio do breu. — Venha comigo.

Zemo não reconheceu a voz, apenas soube que era uma mulher. Mas ele percebeu o tom.

Era o mesmo tom que havia na voz do próprio Zemo quando ele falou com o Capitão América e o Homem de Ferro na Sibéria.

Ele não tinha escolha. Zemo se levantou e seguiu a voz através da escuridão para fora de sua cela.

CAPÍTULO 11

Antes que Ross pudesse dizer qualquer coisa, T'Challa seguiu pelo corredor em perseguição. Graças à erva-coração que ele ingeria enquanto Pantera Negra, ele podia ver no escuro como se fosse dia — até melhor, na verdade. Sua visão inalterada e as propriedades únicas do tecido de *vibranium* do seu traje deixava até mesmos seus passos silenciosos. Ali, na escuridão, o Pantera Negra fazia jus a seu nome: era silencioso, furtivo e estava pronto para atacar.

Atrás dele, conseguia ouvir Ross ordenando, pelo comunicador, que seus agentes voltassem ao prédio.

Eles não chegarão aqui a tempo de fazer alguma coisa, T'Challa pensou.

Menos de um minuto depois, o Pantera Negra chegou à cela de Zemo. Ele viu que a porta estava aberta. Com cuidado para não fazer barulho, ele olhou dentro da cela.

Vazia.

— Eles se foram — o Pantera Negra disse no comunicador. Havia um pequeno silvo de estática.

— Se foram? — a voz de Ross retornou pelo comunicador. — O que quer dizer com "se foram"? Foram para onde?

O Pantera Negra olhou ao redor da cela e não viu nada de anormal — sem contar a ausência de Zemo como "anormal". Ele pensou por um momento, tentando imaginar o que Sund faria, em busca de vingança.

Lembrou de Zemo e do penhasco.

Então, entendeu.

— O terraço — o Pantera Negra disse e partiu.

Havia um heliponto acima da agência, mas a luta entre o Soldado Invernal e o Capitão América o danificara. Embora não estivesse funcionando no momento, o terraço em si ainda era acessível por uma entrada no topo do prédio.

Era exatamente onde Zemo estava naquele momento — no terraço, e prestes a ser atirado de lá e despencar até o chão bem, bem abaixo.

Uma mulher estava em pé diante dele. A voz etérea da cela dele encarnada. Os cabelos cor de azeviche dela ondulavam ao vento enquanto ela apontava uma arma diretamente para o coração de Zemo. O diário com capa de couro dele estava debaixo do braço esquerdo dela.

Se Zemo estava preocupado por sua vida, ele não demonstrava.

Se estava com medo, não dava nenhum sinal.

— Vou morrer? — Zemo perguntou sem qualquer traço de resistência. A voz dele era fria e sem emoção. — Por favor, me diga o motivo para que eu possa agradecer.

Charmagne Sund inspirou vagarosamente, exalou e segurou com mais força a arma em sua mão.

— Também sou de Sokovia — ela disse.

Zemo não disse nada em resposta. Ele não sentiu que precisava.

O Pantera Negra escalou pela lateral do prédio usando suas garras de *vibranium*. Ele pensou em usar as escadas, mas decidiu que aparecer escancarando a porta do terraço não apenas eliminaria qualquer elemento de surpresa, mas também poderia colocar a vida de Zemo em ainda mais risco.

A vida de Zemo.

Pareceu a T'Challa o cúmulo da ironia que ele, de todas as pessoas, estivesse tão preocupado com a vida de Helmut Zemo.

E, ainda assim, ele estava.

O Pantera Negra seguiu pela parede até o canto do terraço, de onde espiou e conseguiu ver Charmagne Sund de costas. Ela mantinha a arma apontada para Zemo, que oscilava na beirada do terraço. Ficou claro para ele o que estava prestes a acontecer.

— Bast, não — T'Challa suspirou.

CAPÍTULO 12

Estava tudo acontecendo muito depressa. Depressa demais.

Charmagne Sund, com a arma empunhada.

Zemo, na beira do terraço.

O Pantera Negra aproximando-se silenciosamente por trás deles, escondido.

— Você e seus planos — Sund disse com desprezo para Zemo. — Esse seu caderno. — Ela sacudiu o diário que ainda agarrava. — Você arruinou o nome de Sokovia para sempre. Quando as pessoas pensam em nosso país agora, elas pensam em um louco. Um maníaco. Um assassino.

Zemo continuou parado no lugar, sem dizer nada. O que deveria dizer? Havia alguma coisa? Nada que dissesse mudaria o passado. Não traria os mortos de volta à vida.

— E não me diga que matar você não vai resolver nada — disse ela, com a voz tingida por uma raiva mal escondida. — Porque mudará. Quando o mundo souber que Zemo se foi, o bom nome de Sokovia será restaurado.

— Não desse jeito.

Sund se virou num salto, pasma ao ver o Pantera Negra a pouco mais de um metro dela.

Ela disparou.

O Pantera Negra se inclinou para trás. Quase caiu, mas conseguiu recuperar o equilíbrio. Os fragmentos de *vibranium* explodiram atrás dele, mas um pequeno caco o acertou do lado direito, logo abaixo das costelas. Penetrou no traje de *vibranium* dele, como se ele nem o estivesse usando, deixando um corte vermelho vivo. Ele se endireitou e levou a mão esquerda ao lado direito do corpo, pressionando a ferida. Por trás do capacete, ele fez uma careta de dor.

Antes que o Pantera pudesse fazer outro movimento, Sund se voltou para Zemo e apontou a arma para ele mais uma vez, caminhando a passos largos até ele e agarrando-o pelo pescoço. Ela encostou a arma no peito de Zemo.

— Não desse jeito — o Pantera Negra repetiu, ofegante. Com a mão direita, ele removeu o capacete.

— Você não sabe o que esse monstro fez — ela gritou. O rosto dela uma máscara de fúria.

— Se há alguém que sabe o que ele fez, sou eu — disse T'Challa calmamente. — É por isso que eu, entre todas as pessoas, estou dizendo que você não deve deixar esse desejo de vingança dominá-la.

— Todas aquelas pessoas! — ela gritou e apertou ainda mais a garganta de Zemo. Ela lançou um olhar acusatório ao Pantera Negra. — Seu próprio pai! Como pode deixar que ele viva?

— A vida dele não pertence a mim ou a você. Não somos deuses — disse o Pantera Negra, aproximando-se devagar. — Não somos nós que julgamos. Solte sua arma.

160

— Não se aproxime mais! — Sund berrou, e apertou o cano da arma com tanta força contra o peito de Zemo que o homem grunhiu.

— Se matá-lo, não trará honra nenhuma para Sokovia — o Pantera Negra argumentou. — Seu país sofreu. Seu povo sofreu. O que aconteceu em Sokovia foi uma tragédia. Mas esse homem sofreu também. Ele escolheu o caminho da vingança. Você está seguindo o caminho dele. Não faça isso.

Então um tiro soou nos ouvidos do Pantera Negra.

CAPÍTULO 13

Everett Ross estava em pé na porta do terraço, com a arma em mãos.

Fora ele quem havia disparado. A bala atingiu a mão direita de Charmagne Sund.

Sund ficou perto de Zemo, segurando a mão machucada, sangrando. Ela soltou Zemo, que permaneceu na beirada do terraço, estático, olhando para a vasta distância que se estendia dali até o chão.

Em um piscar de olhos, T'Challa se aproximou de Sund e agarrou Zemo antes que ele pudesse pular. T'Challa rolou para o lado e os dois homens se chocaram contra o chão de concreto.

— Não foi tão ruim assim, foi? — disse Ross.

Uma hora depois, algo próximo à ordem havia sido reestabelecido no quartel-general da agência. Zemo foi levado de volta para sua cela e deixado lá com uma guarda armada.

Já Charmagne Sund estava sentada no escritório de Everett Ross. O próprio Ross estava do lado de fora, próximo à sala, com o diário de Zemo nas mãos. T'Challa estava com ele, segurando apertado o capacete do Pantera Negra.

— Eu disse que seria fácil — disse Ross. Ele não estava rindo, sua voz emanava ironia.

—Tanta dor... — foi tudo que T'Challa conseguiu pensar em dizer. — O ciclo de vingança. Destrói tudo.

Ross assentiu.

— O que vai acontecer com ela? —T'Challa perguntou, indicando Charmagne Sund com a cabeça, que esperava no escritório de Ross para saber qual seria seu destino.

— Estamos em terreno desconhecido aqui — disse Ross, balançando a cabeça. — Eu nunca tive uma agente tentando se vingar em nome de um país inteiro antes.

— Ela só estava fazendo o que pensava ser o correto — T'Challa retrucou. — Ela é uma vítima disso tudo também.

— Sim, ela é — disse Ross, com um traço de simpatia na voz. — Ela tem sorte por não ter ferido ninguém. Vou garantir que ela receba ajuda. É o mínimo que podemos fazer por ela.

Ross gesticulou para o corredor. T'Challa começou a andar e Ross o seguiu.

— Formamos um belo time, você e eu — Ross disse enquanto caminhavam.

—Um time? —T'Challa questionou. — Onde você estava enquanto eu estava no terraço, tentando salvar duas pessoas?

— Ficando fora do seu caminho enquanto você salvava duas pessoas — Ross zombou.

T'Challa assentiu.

— Então você é mais útil quando não está ajudando.

Ross refletiu por um momento.

— Bem, se você colocar dessa forma... parece que eu não fiz nada.

EPÍLOGO

APESAR DE TODA INCERTEZA QUE SENTIA, T'CHALLA ESTAVA começando a entender a sabedoria de seu pai. Enquanto ele ainda acreditava que Wakanda deveria permanecer escondida e segura, ele sabia que o mundo precisava de proteção. Precisava do Pantera Negra. No mínimo, o tempo que passou na companhia de Everett Ross havia lhe mostrado isso.

Com homens como Klaue e Zemo, Wakanda gostando ou não, o mundo estava lá fora, a vida estava acontecendo, e vidas inocentes estariam sempre em risco caso pessoas corajosas que possuíam os meios e a tecnologia para proteger o mundo e combater o mal não fizessem nada.

Ele não poderia apenas sentar no trono e fingir que a violência não estava acontecendo.

Wakanda não podia mais se dar a esse luxo.

T'Challa não podia mais se dar a esse luxo.

Da cabine do piloto do Caça Garra Real, T'Challa observava as nuvens que estava sobrevoando. Ele estava finalmente voltando para casa.

A chamada veio um pouco depois.

— Príncipe T'Challa — disse uma voz no comunicador. — Eu preciso de uma ajuda sua. É sobre o Soldado Invernal.

PANTERA NEGRA: CONSEQUÊNCIAS

T'Challa reconheceu a voz imediatamente. Pertencia a Steve Rogers.

O Capitão América.

— O que eu posso fazer por você, Capitão? — perguntou T'Challa.